KB267501

왜, 너를 사랑하지 못할까

왜, 너를 사랑하지 못할까

왜, 너를 사랑하지 못할까

강은소

수필집

도서출판 북인

20년 만에 묶는 '글쓰기의 역사'

20여 년 전 수필 등단 후 첫 수필집을 발간했다.
시 등단 후 25년 만에 첫 시집을 낸 후 8년 만이다.
이제, 세 번째 책으로 두 번째 수필집을 엮는다.
무슨 할 말이 있을까. 이것이 내 글쓰기의 역사다.
지난 삼십여 년 세월이 아쉽고 부끄러울 뿐이다.

글을 쓴다고 밤을 새운 적도 많았지만, 항상 글은 미완성이라는 생각에 쉽게 내놓지 못한다. 어쩔 수 없이 급하게 내보냈어도 다시 천착과 퇴고를 기울여야 한다는 마음이 무거운 짐으로 돌아온다.

과작인 글쓰기 탓에 글이 자꾸 낡고 늙어가니 더 이상 시간을 끌 수 없어 부족한 대로 책을 펴낸다. 한 편 한 편 작품을 갈고 다듬어 매끄럽게 물 흐르듯이, 글이 흐르게 하려고 애를 썼지만 만족하지는 않다.

글을 읽어주는 누군가 있다면 고마운 일이겠다.

덧붙여, 첫 수필집에 실었던 작품 하나 「아름다운 거리距離」를 이번 작품집에 다시 싣는다. 약간의 퇴고 과정을 거친 후 비슷한 주제의 제2장에 함께 실었음을 알려둔다.

글을 묶으며 느끼고 알게 된다. 책을 엮으면서 배운다. 그동안 써두었던 글이 얼마나 많이 부족한지 깨닫고, 글을 다듬으면서 글쓰기가 한 단계 발전한다는 것을. 부족하고 못난 글을 다듬어 묶고 책으로 펴내는 일은 힘겨운 일이지만 한편 즐거운 일이다.

망설이던 나에게 글을 묶어보라고, 책을 내보라고, 힘을 실어준 사람들에게 감사의 마음을 전한다.

글을 다듬느라 칠팔 월의 폭염을 거뜬히 넘어와, 어느새 겨울에 닿았다. 뜻깊은 한 해의 마무리다.

2026년 새해를 맞으며

강은소

차례

제1장

산세비에리아를 떠나보내며

> 우리가 가는 길 위엔
> 언제나 새로운 만남이 기다리고 있을 테니
> 오래 슬퍼하지 말아야겠다.

기억의 습관

"아름다운 것들은 베일에 가려지듯 사라졌네.
모든 것은 사라지고, 절망 속에 나는⋯."

오페라 〈토스카〉 중 카바라도시가 죽음을 기다리며 부르는 〈별은 빛나건만〉이다. 노 교수가 제자를 동반하고 여행지를 돌며 벌인 음악회 레퍼토리로 충분히 훌륭한 곡이다. 귀에 익은 파바로티의 힘 있는 음성과는 다르지만 나름 심금을 울리는, 매력 있는 제자의 목소리다. 다소 긴 호흡은 제자들이 맡고 그래도 숨이 차면 적당한 추임새를 넣어가며 스승은 두어 시간의 무대를 꽉 채운다. 자신의 인생에 작별을 고하는 카바라도시를 슬퍼하며 노장은 여전히 살아 있음을 자랑한다.

기억에도 습관이 있다.

아리아의 선율 속에 떠오르는 기억 하나, 음악회나 무용 공연장에 앉아 있을 때면 어김없이 찾아오는 기억이 있다. 신혼 때 루돌프 누레예프의 세종문화회관 공연을 놓친 일이다. 시누이가 구해다준 루돌프 누레예프 발레 공연 입장권을 손에 들고 얼마나 기뻐했는지 모른다. 하지만 공연을 볼 수 없었고 내 몫의 표 한 장은 종이 쓰레기가 돼버렸다. 아쉬움이 얼마나 컸으면 오랜 세월에도 잊히지 않는 기억으로 남아 예술 공연을 볼 때마다 떠오르는 습관이 되었을까.

결혼 전에는 세계적으로 이름있는 공연을 볼 기회가 드물었다. 지금은 첼리스트의 이름도 기억나지 않지만 직접 본 첼로 공연과 루치아노 파바로티 공연을 TV에서 본 것이 전부인 것 같다. 이제는 두 번 다시 들을 수 없는 목소리, 파바로티가 〈남몰래 흐르는 눈물〉을 부를 때 주룩주룩 흐르는 눈물을 주체할 수 없었다. 그 공연을 현장에서 생 체험으로 볼 수 있었다면 감동의 폭은 훨씬 넓게 다가왔을 것 같은 아쉬운 경험이 있었기에 누레예프의 춤추는 모습을 정말 놓치고 싶지 않았다. 라벨의 볼레로에 맞추어 춤추는 그와 뜨겁게 박동하는 내 심장을 함께 느끼고 싶었는데….

태어난 지 6개월도 안 된 아기 엄마지만, 나는 여전히 이십대고 무엇을 찾는지 끊임없이 방황하고 있을 때다. 누레예프의 발레 공연은 분명 새로운 전환점이 될 것 같았다. 서울에서의 결혼 생활에 안주하며 아기에게 젖을 물리는 일상을 되풀이하던 나에게 누레예프 공연은 여름날 소나기 같은 활력소가 틀림없다고 생각했다.

공연 시작 1시간 전까지 아기를 맡길 사람을 못 찾았다. 시댁과 친정이 모두 지방인 것이 속상했고, 짧은 서울 생활에 아파트 생활이라 해도 이웃을 한 사람도 못 사귄 나 자신을 질책했다. 방도가 없자 남편은 두 장의 입장권을 다 들고 혼자 공연장으로 가버렸다. 집에다 두고 갔으면 제값을 했을지도 모를 표 한 장을, 표를 썩히기 아깝다고, 공연장 입구에서 필요한 사람이 있으면 주겠다고, 잘못된 판단을 했다. 휴대전화도 삐삐도 없던 시절이 아니던가. 남편이 떠나고 아쉬운 마음에 밖에서 한참을 서성거렸다.

지나가다 나를 본 이웃 아주머니, 같은 층 세대 중 유일하게 얼굴을 아는 사람이 말을 걸어왔다. 화창한 주말 오후인데 얼굴이 왜 그러냐는 한마디에 간절한 사정 얘기를 쏟아놓자 흔쾌히 아기를 돌봐줄 테니 남편을 쫓아가란다. 주말에 민폐를 끼치는 것이 싫다고 거절하는 시늉도 잠깐, 택시를 타고 세종문화회관으로 향했다. 혹시나 하는 설렘도 잠시, 헐레벌떡 달려간 공연장 입구는 썰렁한 바람만 맴돌고 공연장 문뿐만 아니라 매표소까지 굳게 닫혔다. 무대는 이미 막이 올라 발레 향연이 시작되고 난 뒤였다.

허탈하고 답답했다. 돌아오는 버스 속에서 사람들 이목을 생각할 여유도 없이 그저 남편을 원망하며 신세를 한탄했다. 이십대의 시간이 계속 이렇게 저물어간다면 어떻게 삼십대를 꿈꿀 수 있을까 하고 절망에 빠졌다. 새 전환점을 위한 굵은 동아줄이라고 믿은 것이 썩은 새끼줄도 되지 못하는, 피할 수 없는 현실이 정말 야속하게 다가왔다. 생각해보면 얼마나 미련스러운 의식인가. 부끄럽고 한심스러운 한편, 아직도 음악이나 무용 공연장을 찾을 때면 그때 일을 떠올리고 감정이 깊어지는 걸 감출 수 없으니 여전히 미성숙한 나를 발견한다.

"흙에서 자란 내 마음
파아란 하늘빛이 그리워"

나이든 스승과 더불어 늙어가는 제자들이 입을 모아 부르는 정지용의 〈향수〉다. 노 교수가 이 노래를 처음 불렀던 순간은, 정통 성악과 대중가요의 경계를 넘어선 놀랍고도 파격적인 시도로 지금도 기억된다.

지난 날의 추억 하나, 기억의 습관이 되어 다시 나를 적시고 있다. 노래를 들을 때면 머릿속에 밴 습관처럼 살아나는 기억이지만 다 지나간 얘기다. 시대가 바뀌면서 사람들의 의식은 변했고 〈향수〉의 명성은 더욱 건재해졌다. 세월이 흘러 누레예프가 떠났듯 파바로티도 떠나갔지만, 라벨의 볼레로는 영원히 남을 것이고, 우리는 계속해 오페라를 보고 아리아를 들을 것이다. 누군가는 지용의 시를 변함없이 노래할 것이다. 예술과 문학을 위해 질풍노도처럼 꿈꾸던 미숙함은 떨쳐버려야 한다. 예술은 길고 인생은 짧다고 했다. 오늘은 히포크라테스의 아포리즘이 더욱 절실하다.

오래된 기억의 습관은 버려야 한다.

밥맛

최고의 밥맛은 어릴 때의 추억 속에 깃들어 있다.

호롱불 아래 외할머니와 마주 앉아 먹던 가마솥밥. 윤기가 자르르 흐르는 흰 쌀밥의 달곰하고 고소한 맛. 장작과 깔비*로 불을 지펴 가마솥에서 갓 지은 밥맛을 어찌 잊을 수 있을까. 아궁이 잉걸불에 끓여낸 된장찌개와 가마솥밥의 어울림은 담백한 밥맛의 진수를 느끼게 한다. 아무리 최신형 전기압력밥솥이라 해도 할머니가 지은 밥에서 느껴지던 그 밥맛을 따라가지는 못할 것 같다. 기억하는 한 최고의 밥맛을 떠올리는 건 다시 돌아가지 못할 어린 시절, 철 모르던 한때를 그리워하는 일이다.

어릴 적 외갓집에서 보낸 시간이 많다.

읍내 장에 나오신 할머니와 흙먼지 날리는 만원버스를 뒤로하고 산길을 올라가던 기억이 아련히 남아 있다. 옹기종기 앉은 마을을 지나 제일 깊은 동네에 들어설 때면 때맞추어 피어

나던 저녁연기를 기억한다. 바람에 흩날리는 연기는 집집이 밥 짓는 내음 솔솔 묻혀와 입맛을 다시게 하는 한편 먼 여행길을 돌다 마침내 고향집으로 돌아왔을 때처럼 사람의 마음을 따스하게 어루만졌다. 장날이면 늦은 저녁으로 먹던 외갓집 가마솥밥. 할머니 손길로 고슬고슬 지어낸 밥맛을 이제 어디에서 만날 수 있을까.

요즈음 노모는 밥맛이 없다고 한다. 그녀의 '밥맛이 없다'라는 말은 밥뿐만 아니라 아무 음식도 먹고 싶은 마음이 없다는 의미다. 사구체신염을 앓고 있는 그녀는 몇 년 전 대장암 제거 시술까지 받았다. 젊은 사람에 비해 좋지 못한 예후로 힘든 회복 과정을 거치면서 놓쳐버린 자존감 때문인지 그녀는 삶의 의욕마저 놓아버린 듯하다.

입맛을 잃은 그녀가 음식에 대한 마음이 없는 것은 어찌할 도리가 없다. 맛으로 이름나 사람이 몰리는 식당의 음식 앞에서도 목에 걸려 넘어가지 않는다고, 모두가 즐겁게 하는 식사 자리도 혼자만 맛없다고 먼저 숟가락을 놓는다. 그래도 한 숟가락만 더 먹어보라며, 먹어야 산다고, 애써 부추겨보지만 소용이 없다.

밥맛은 일을 해야 얻을 수 있는 즐거움이다. 밥맛이 없다는 노모의 말은 할 일이 없다는, 할 수 있는 일이 없다는 뜻의 에두른 표현이다. 그동안 즐겁게 해왔던 일, 정기적인 운동 모임을 하면서 관상용 화초를 가꾸고 친구를 만나거나 시장을 다녀와 김치나 반찬을 만들어 나눠주기도 하며 손주의 등하교와 끼니를 챙기는 등 일거리가 있었다. 이제는 그녀의 허약해진 육체로 더 이상 감당할 수 없는 일들이다. 그 때문에 사는 즐거움이 모두 사라지고 밥맛도 없어졌다.

밥을 먹는 일이 즐거워지려면 밥을 먹고 나서 할 일이 있거나 할 수 있는 일이 있어야 하겠다. 그녀의 밥맛을 위해 최선이 무엇인지 신중히 고민해본다.

인간관계에서 '밥맛이 없다'라는 말을 할 때가 있다. 우리의 관계 중심에서 그 말은 입맛이 없는 것이 아니라 사람 됨됨이가 눈에 거슬리고 정이 떨어져 상대하기가 싫다는 말이다. 식사 자리에서 보고 싶지 않은 사람, 불편한 사람과 함께하는 것이 싫고 힘들어 밥맛이 떨어지는, 그런 상대할 마음이 없는 사람을 흔히 '밥맛'이라 비유한다.

최악의 밥맛은 빤빤한 얼굴로 거짓말과 속임수를 일삼는 사람, 방자하고 교만해 자신의 편리를 도모하려 타인을 밟고 지나가는 안하무인이다. 아무도 밥상머리에 마주하고 싶지 않을 밥맛이다. 하지만 세상일은 마음대로 풀리지 않고 외나무다리는 여기저기 널려 있다.

사람은 밥맛이 없어도 끼니 때마다 먹어야 살아갈 수 있는 기본 에너지를 얻는다. 식상하지만 매일 먹는 밥. 밥을 먹는 것처럼 되풀이되는 일상에 지치고 싫증이 나도 피할 수 없는 것이 우리 삶이며 가끔 일탈의 여행을 떠났어도 다시 일상으로 돌아와야만 하고 돌아와 밥상에 앉아야 하는 것이 우리의 현실이다.

밥상은 서로의 삶을 공유하고 감정을 나누는 자리다. 밥을 먹는다는 것은 단지 한 끼 식사를 해결하는 것 이상으로 관계 형성에 중요한 역할을 한다. 먹는 즐거움도 사람이 느끼는 하나의 행복이다. 밝고 즐거운 밥상을 마주한 서로는 긍정적인 정서를 주고받으며 관계가 깊어지고 서로에게 행복을 주는 사람이 된다. 서로 마주 보며 밥을 먹는 것은 인간관계를 돈독하게 형성하는 계기가 되고 식사 자리의 정서적 교감과 유대감은 삶의 만족도를 높이는 지름길이다.

밥상머리에 앉아 지난 날 최고의 밥맛을 떠올린다.

그것은 누구도 때 묻지 않아 순수했던 어린 시절이 못내 그립기 때문이다. 씹을수록 달고 구수해지는 가마솥밥처럼 만날수록 반갑고 편안해지는 사람을 보면 주저 없이 그와 마주 앉고 싶다. 밥맛 나는 사람이 기다려지는 오늘, 마음속 거울에 자신을 스스로 비춰본다.

당신은 그 누군가에게 밥맛 나는 사람인가.

*깔비 : 솔가리의 방언, 말라서 땅에 떨어진 솔잎을 땔감으로 긁어모아둔 것.

산세비에리아를 떠나보내며

집안을 함께 가꾸던 오래된 친구가 떠나려 한다.

천년란 속이라는 너의 이름이 무색하다. 얼마 전부터 뿌리가 썩은 줄기를 하나씩 뽑아주다보니 이제 한 줄기만 남아 오늘내 일하고 있다. 지난 겨울 유달리 추웠는데 밤에 제대로 된 월동 관리를 해주지 않은 탓에 저온에 약한 식물이 치명적인 냉해를 입어버렸다. 돌이킬 수 없는 현실이다. 꽃을 피우는 식물이면서 아직 한번도 꽃을 피워내지 못한 너를 떠나보내야 한다니 가슴이 아리다. 미리 살펴보고 준비했더라면 좋았을 것을, 나이가 들어도 자꾸 지나고 나서 후회할 일이 생긴다.

처음 밴쿠버로 왔을 때 새로 지어 입주하는 아파트에 세를 들었다. 그때 매스컴에서 한창 새집증후군에 대해 떠들어대며 공기정화 효과가 있는 식물로 산세비에리아를 소개했다. 새 친구 하나 데려오겠다고 근처 꽃집을 찾았는데 혀가 구르지 않는 영어 발음 때문인지 꽃집 주인은 몇 번이나 되묻고 난 뒤 "아하, Mother in Law's Tongue" 하며 웃었다. 줄기의 생김새를 따라 일반적으로 부르는 말이라 덧붙이며 그가 한번 더 크게 웃던 기억이 아직 생생하다.

비유 속의 어머니는 당연히 장모와 시어머니를 일컫는다. 닮은 모양 중에서도 뾰족하고 길다는 것에 빗대어 날카로운 잔소리를 늘어놓는, 법적으로 얽힌 어머니의 혀를 비유해 이름붙였나보다. 혈연관계로 얽혔든 혼인으로 맺어졌든, 부모와 자식 간의 인연은 고귀하고 부모가 자식을 아끼고 사랑하는 마음은 한결같다. 부모의 사랑하는 마음에서 빚어진 말은 자식이 자신의 마음에 어떻게 받아들이느냐에 따라 잔소리가 될 수도 있고 따뜻한 삶의 가르침, 지침이 되기도 한다.

하나 아들이 결혼 적령기에 들었다. 요즘 주변의 젊은 사람들 결혼풍속도는 대부분 신랑 신부가 알아서 진행하고 부모는 따라가는 분위기다. 아들도 자신의 힘으로 모든 걸 해결하려 애쓰는 중이라 바쁘고 알게 모르게 스트레스를 받는 느낌이다. 여러 준비를 혼자 하려는 아들에게 부모 입장으로 조금 힘을 더하려다보니 자꾸만 말이 늘어난다. 맞이할 새 사람이 불편하지 않도록 말을 줄여야겠다.

노력하는 삶은 아름답다. 며느리를 보는 시어머니의 마음이나 사위를 보는 장모의 마음이 모두 자신의 딸이나 아들을 보듯 하면 어머니로서 가질 덕목인 너그러움을 갖추리라 믿는다. 며느리는 시어머니를 그냥 친정어머니처럼, 사위는 장모를, 자신을 키우고 보살펴준 친어머니와 같이 대한다면, 자식으로서 여유를 가지고 한발 물러서서 어머니를 생각하는 편안한 일상을 보내지 않겠는가.

결혼하고 잠시 남편과 떨어져 지낸 적이 있다. 서울에서 직장을 다니는 남편과 달리 대구에서의 직장 생활을 마무리하는 데 필요한 시간을 처음엔 시댁에서 보내기로 했다. 정년퇴직하신 시아버지, 시어머니와 시할아버지까지 모셔야 하는 시집살이는 첫날부터 민망한 하루로 저물어버렸다. 시어머니가 차려준 아침상을 물리며 출근하고 퇴근해서는 그녀가 지어놓은 저녁밥을 먹어야 했다. 시집살이 사흘 만에 직장과 거리상 가까운 곳에 있는 친정으로 가서 생활하라는 어른의 말씀을 얼씨구나 하고 받아들이고 말았다. 못난 자식이 삼일천하로 끝낸 평생의 시집살이 추억이다.

구순이 되신 시아버지는 시어머니와 더불어 지금도 고향에 건재하시지만. 자식은 먼 이국땅에서 어쩌다 한번씩 전화 한 통으로 문안을 때운다. 그때나 지금이나 부모 앞에 여전히 철이 없는 어린 자식일 뿐이다. 이제는 삶의 역할이 바뀌어야 할 시점이다.

부모 앞에 마냥 어리기만 하던 아이는 버리고 자식 앞에 든

든하고 인자한 어른으로 바로 서야 한다. 그동안 조건 없이 받아왔던 내 부모의 무한한 사랑을 새로이 한 가정을 꾸리는 나의 자식에게 모두 아낌없이 내어주어야 한다. 앞으로의 역할은 부모 앞의 자식이 아니라 자식 앞에 온전한 부모로 살아야 함을 깨닫는다.

산세비에리아의 꽃말은 '관용'이라 한다. 속칭과 꽃말이 서로 어울리지 않는 듯하나 생각해보면 자신에게 찍혀 있는 낙인을 받아들이고 너그러운 마음으로 자신을 다스리라는 의미로 다가온다.

상대의 부족하거나 잘못된 점을 보기 전에 자신을 먼저 돌아볼 줄 알아야 한다. 스스로 자신의 내면 깊은 곳을 들여다보게 되면 설령 상대에게 잘못이 있더라도 이해하고 용서하고 받아들일 줄 아는 관용의 지혜로운 덕을 찾는다. 세상일이 생각처럼 순조롭게 돌아가진 않는다 해도 맺어진 인연 속 서로가 합심하여 서로를 가꾼다면 새로운 한 가정이 아름답게 출발하고 튼실히 뿌리내리리라 기대한다.

이제 화분 속 친구가 떠나갈 날이 머지않다. 우리가 가는 길 위엔 언제나 새로운 만남이 기다리고 있을 테니 오래 슬퍼하지 말아야 하겠다. 아직도 성업 중인 그 꽃집에서 아주 작고 앙증맞은 새 친구 하나 안고 와, 이번에는 더 세심한 정성을 다하면서 짙푸를수록 곱게 늙어가는 산세비에리아, 너의 아름다움을 지켜보련다.

Mother in Law's Tongue, 너의 꽃말을 가슴에 깊이 새긴다. 관용!

방 안의 보물

기약 없는 이별이다. 언제 또 어머니의 품에 안길 수 있을까.

서서히 활주로를 벗어난 비행기가 고공행진을 시작하자 남의 나라에 가족의 터전을 이루겠다며 떠날 때 느꼈던 착잡함이 새삼 밀려온다. 어제 일같이 생생한 기억의 파도, 회오리치는 마음의 파도를 달래려 애써 눈을 감는다.

올해 일흔여섯의 어머니는 3년째 사구체신염을 앓고 계신다. 여든일곱, 여든다섯의 시부모님이 큰 산을 넘고도 여전하신 걸 보면 친정어머니의 신장염도 완치를 기대하지는 못해도 약물복용과 식이요법을 철저히 한다면 당장에 걱정할 일은 아닌 듯해 보인다. 노인대학에서 강의를 들으시랴, 게이트볼 모임에서 선수로 뛰면서 심판도 보느라 요즘도 바쁜 나날을 보내시는 어머니. 몇 년 만에 본 딸을 또다시 보지 못하게 될까, 걱정하시나보다. 매달 받는 연금에서 생활비를 줄여서 한 푼 두

푼 모은 금일봉과 평소 아끼던 팔찌를 딸의 손에 쥐여주셨다.

비행기의 고도가 안정되었다. 눈을 뜨니 손목에서 어머니의 팔찌가 반짝인다. 팔찌는 어느 날 당신의 유품으로 남을 것이기에 볼수록 가슴을 아리게 한다. 마찬가지로 나를 짠하게 만드는 물건이 하나 더 있다. 십여 년 전 어머니께서 사 주신 천수天壽 이부자리 세트로 이불과 음이온 전위 매트다. 양모로 속을 넣은 이불은 가볍고 따뜻하여 덮기에 편하고, 자동 온도조절장치를 가진 매트는 전자파를 막아주는 음이온을 방출하는 건강제품이다.

서울에 살 땐 난방에 어려움 없는 아파트 생활이라 음이온 매트는 별 소용이 없었다. 더구나 남편은 매트가 두껍고 딱딱하여 침대 매트리스 위에 올려놓으면 잠자리가 편치 않다고 못마땅해했다. 한동안 침대 위에 깔리지 못하고 방바닥 한쪽에 밀쳐진 신세였던 음이온 매트. 몇 년 전에 이민 이삿짐을 쌀 때, 점점 짐이 늘어나는 것을 보던 남편은 부피 큰 매트를 접을 수도 없고 전압도 맞지 않아 쓸모가 없으니 버리자고 했다. 어떻게 멀쩡한 어머니의 선물을 버릴 수 있을까. 어머니가 어떤 마음으로 이부자리 세트를 샀는지 안다면, 낡고 망가졌다 한들 쉽게 버릴 수 있겠는가.

알뜰살뜰 평생 근검절약으로 살아오신 어머니. 한 세트에 몇백만 원씩 거금을 내고 산 물건을 자식에게 나누어줄 때의 심정은 어떤 것이었을까. 어머니는 급성으로 자란 암덩이에 남편을 황망히 잃은 것을 필두로, 2년에 걸쳐 가까운 집안 동년배를 보내는 네 번의 장례식을 치러야 했다. 백세건강시대를 운운하는 오늘에 칠순을 한참 남긴 나이에 모두 떠나갔으니 홀로 남은 심경이 어떠했을까.

어찌 허망하지 않고, 허탈하지 않고, 좌절하지 않겠는가. 정신적 육체적 쇼크로 자꾸만 멍해지는 당신을 추스르기가 얼마나 힘이 들었을까. 그렇게 어머니 혼자 괴로울 때, 맏딸은 언제나 그래왔던 것처럼, 제 삶의 밭갈이에 바빠 아무런 위안을 보태지 못했다. 어머니는 외로이 속절없는 시간의 강을 건너오셨고, 힘들었던 세월만큼 지치고 늙은 몸을 아직 젊은 정신줄에 지탱하고 계신 듯하다. 부모가 자식을 생각하는 만큼 자식이 부모를 생각한다면 세상엔 효자란 말이 필요 없을 것이다. 부모와 자식이 서로를 아끼고 사랑하는 일이 당연지사가 되지 못한 이즈음 세상이니 본보기 효자가 필요한지도 모르겠다. 나는 효녀는 못되어도 불효를 범할 수는 없다.

어머니의 귀한 선물, 이부자리 세트가 지금은 내 방 안의 보물이다. 사시사철 나와 남편의 잠자리를 지키며 우리 부부의 사랑을 돈독하게 만든다. 승압기와 함께 전위 매트를 이삿짐 컨테이너에 묶고 태평양을 건너올 때는 쓰임새가 이렇게 클 줄 몰랐다.

　　밴쿠버는 가을에서 이듬해 봄까지 우기가 계속된다. 늘 비가 내리고, 해를 거듭할수록 몸은 으슬으슬 추위를 많이 탄다. 3층 구조의 단독주택 생활이라 난방비 부담이 크니, 카디건이나 두꺼운 스웨터를 걸치고 지내다 잠자리에 들 땐 항상 매트를 켠다. 이젠 습관이 붙어 음이온 매트가 없으면 어떡할까 싶다. 양모 이불 역시 여름 한두 달 빼고 상시로 덮었더니 깃이 해져 새로 천을 덧댔지만, 여전히 편하고 좋다. 오늘도 엄마 품에 안긴 것처럼 따뜻하고 포근한 그 이부자리에서 잠들 것이다.

　　며칠 전 어머니는 남동생네 매트는 고장이 나 못쓴다고 하며, 너희는 어떠냐고, 매트를 쓰고 있냐고 물으셨다. 고장날 일이 뭐가 있을까. 우리는 매트를 정말 잘 사용하고 있는데. 지금, 방 안의 모든 것 중에서 제일 소중한 건 어머니께서 주신 이부자리 세트다. 자신의 이름처럼 천수를 다할 때까지 소중히 아끼며 오래도록 함께할 내 방 안의 가장 큰 보물이다.

　　올해는 어머니의 건강이 어지간하니 꼭 한번 밴쿠버를 다녀가시면 좋겠다. 단 며칠이라도 내 손으로 지은 따뜻한 진지와 함께 집에서 어머니를 모시고 싶다. 금강석처럼 단단하고 변함없는 당신의 사랑, 자식 걱정의 짐을 잠시나마 덜어드리고 싶다. 잘살고 있는 딸의 모습을 보여드리는 것, 가진 것이 많지 않더라도 화목한 가정을 일구고 알콩달콩 사는 모습을 당신 기억 속에 남겨드리는 것, 그것이 당신께 드릴 수 있는 최고의 보답이 아니겠는가. 부디 살아계시는 동안 마음만은 온전하고 편안하시기를.

어머니의 모습을 오래오래 뵐 수 있기를 바라고 바란다.

야생 사과나무

사과나무 한 그루가 언제부터 그 자리를 지키고 있었는지, 아무도 모릅니다.

갑자기 눈앞에 모습을 드러낸 나무는 작고 발그레한 사과를 주렁주렁 매달고 있었는데, 미처 가을이 끝나기도 전에 까치밥 하나 없이 마른 가지뿐입니다. 사과는 모두 어디로 사라져버린 것일까요. 수풀가에 서 있던 키 큰 삼나무가 밑동까지 잘려나가버리자, 키 작은 나무 한 그루가 나타났습니다. 수풀에 자리해 쉽게 드러나지 않던 야생 사과나무입니다. 가지에 매달려 노르스레 붉어가던 사과 얘기는 갈바람 타고 삽시간 소문으로 퍼졌나봅니다. 어린 시절 기억처럼 아련아련 떠오르던 붉은 열매, 야생 사과는 누가 다 따먹어버린 것일까요.

어릴 적, 방학이 시작되면 마음은 늘 몸보다 더 빨리 외갓집으로 향했습니다. 읍내 5일장을 보러나온 외할머니 손을 잡고 산골 마을로 향하는 발걸음은 꿈길을 걷는 것처럼 가벼워서 좋았지요. 외갓집 과수원은 사과밭이 아주 넓었다고 기억합니다. 사과밭에는 지금은 찾기 힘든 홍옥과 국광이라 불리는 탐스러운 사과를 맺는 잘 자란 나무가 나란히 줄지어 서 있었지요. 여름날 세차게 퍼붓던 비가 그치면 낙과를 줍고 나무를 돌보는 할머니 옆에서 뛰놀던, 까마득한 기억이 있습니다.

외할머니는 사과를 홍옥이나 국광 구분 없이 '능금'이라 했지요. 수풀 속 사과나무는 그리운 할머니와 오래 잊고 살았던 정겹고 이쁜 이름, 능금을 떠올리게 하네요. 능금은 우리의 옛 과일입니다. 삼국시대쯤 우리나라에 들어온 것으로, 그 이름은 '임금林檎'에서 나온 것으로 추정되지요. '임금'은 왕을 뜻하는 임금과 소리가 같아 고귀한 과일이라 생각했으며 고려 때나 조선 초기에는 수도에 능금나무 심는 것을 장려했다고 하네요. 예전엔 흔히 마을 주변에 심고 열매를 즐겨 먹었으나 새로 외국에서 들여온 사과에 밀려 지금은 거의 없어져버렸답니다. 아마도 능금이 사과보다 열매가 작으며 시고 떫은 맛이 나기 때문이겠지요.

사과를 능금이라 부르던 외할머니의 시간은 이미 오래 전에 다했습니다. 멈추지 않는 세월 속 우리의 세상도 흘러가고 있지요. 야생 상태로 자란 사과나무 한 그루. 한 100년 전쯤에 떨어진 능금 씨앗 하나 깨어나 뿌리내린 것은 아닐지 상상해봅니다.

서양 문명과 역사에는 사과에 얽힌 얘기가 많지요. 창세기 창조 설화에 나오는 금단의 열매인 선악과, 그리스 신화엔 불화의 열매인 파리스의 황금사과, 스위스 국민의 저항과 투쟁을 상징하는 빌헬름 텔의 사과, 뉴턴, 스피노자, 백설공주의 사과가 있습니다. 요즈음 가장 많이 떠오르는 사과는 정보통신 회사 애플의 '한 입 베어먹은 사과'이겠지요. 세상을 바꾸는 혁신의 아이콘, 그 사과는 따먹을 수 없는 금단의 열매이자 언젠가 넘어야 할 하나의 목표처럼 느껴집니다. 선택과 결정은 흘러가는 시간 속에 사는 우리의 몫이지요. 살면서 결정한 순간의 선택은 돌이킬 수 없고, 비싼 대가를 치른 성공이라도 영원한 것은 없습니다.

지금은 아무도 사과를 능금이라 부르지 않습니다. 변하는 세월 따라 잊혔던 기억을 되살려준 야생 사과나무 한 그루. 가지마다 품고 있던 자그마한 사과는 어쩌면 벌레 먹은 사과일지도 모르지요. 주렁주렁하던 사과를 누가 다 따먹었을까, 궁금하네요.

한 여인이 막대기로 사과나무 가지를 막 후려쳤습니다. 두 번째 여인이 뒤꿈치를 들고 가지를 붙들며 허리 맨살이 다 드러나도록 사과를 잡고 당기는 것도 보았지요. 마지막 여인은 고리와 그물주머니를 단 긴 막대기로 사과를 따려 했지요. 불화의 여신 에리스가 던진 황금사과를 차지하려고 싸우는 신화 속 세 여신, 헤라와 아프로디테, 아테나를 보는 듯했습니다. 트로이의 아들 파리스는 황금사과의 주인으로 아프로디테를 선택함으로써 세상에서 가장 아름답다는 헬레네를 아내로 얻게 되지요. 파리스의 이 심판은 결국 자신과 트로이를 멸망에 이르게 합니다.

신화 속 세 여신의 비유는 삶의 가치를 상징하겠지요. 헤라의 권력, 아프로디테의 사랑, 아테나의 지혜는 모두 인생의 목표로 내세울 만한 가치입니다. 이성은 인생의 가치를 어느 한쪽에 치우치지 않도록 항상 균형 있는 삶을 꿈꾸지만, 가슴에서 솟아나는 감성은 마음대로 움직이지 않을 때가 많지요. 우리의 시간은 권력과 사랑, 지혜의 아름다운 균형으로 조화로운 순간이 흐르고 쌓이면 좋겠습니다.

야생 사과나무 앞에 서 있습니다. 텅 빈 가지 사이를 하릴없이 맴돌던 바람의 속삭임은 천천히 늦은 저녁노을 속으로 묻혀 들어갑니다. 잡풀더미에 떨어져 있는 자그마하고 못생긴 사과 하나 어슴푸레 눈에 들어오네요. 분명 벌레 먹은 사과입니다. 발 아래 나동그라진 사과를 선뜻 집어들지 못해 망설이고 있습니다. 어쩌다 하나 남은 사과는 미약한 마음을 이리도 어지럽

히고 있는지요. 내일은 저 벌레 먹은 사과를 견뎌낼 용기와 지
혜를 가질 수 있을까요.

　　주렁주렁 야생 사과 모두 어디로 사라졌는지
　　야생 사과나무 아래 만남도 우리 시간인 것을,
　　세월 가듯이 세상의 우리 인연도 흐르겠지요.

어머니의 향기

아프다.

온몸이 아프다. 모든 뼈마디가 쑤시고 몸이 둔해졌다. 엷은 옷차림으로 나선 외출 길에 막무가내로 달려드는 초겨울 찬 바람처럼 찾아온 통증이 당황스럽고 대책 없는 무력감에 자꾸 무너진다. 아래층 거실로 내려오는 계단 난간을 양손으로 부여잡고 한 발짝씩 씨름하며 마지막 계단을 내려서자, 어머니 얼굴이 그립다. 이파리 다 털어내고 앙상한 몸체로 선 창밖 저 나무는 군살이 다 빠져버린 어머니 뒷모습이다.

건조하다.

창밖에 비가 계속 내리니 건조한 날씨는 아니련만 가려움을 못견디겠다. 적당히 살이 올라 윤기있는 피부인데 혼란스럽다. 손끝으로 긁어대면 멈추기 힘들 것 같아 억지로 참고 있자니 괴롭고 이도 저도 할 수 없어 순간 미쳐버릴 것 같다. 이 느낌을 죽을맛이라 해도 지나친 표현은 아닌 듯하다.

일 년 만에 만난 고향 친구는 몸이 건조하다고, 아래가 건조하여 잠자리가 싫다고 목소리를 낮추어 물어왔다. 폐경기 증상을 공유하고 싶은 그녀에게 악순환은 금물이다. 그럴수록 노력이 필요하다고 어쭙잖은 조언을 늘어놓았는데, 그녀의 폐경 징후를 바로 답습하려는 것인가 싶어 씁쓸하다.

언제부턴가 어머니에게서 마른풀 냄새가 났다. 오래 전 기억의 집으로 성큼 들어가 먼지로 뒤덮여 흐릿해진 그녀의 넋두리를 읽는다. 그렇구나. 고향 친구를 답습하는 것이 아니라 어머니의 뒤를 잇는구나. 세상의 모든 딸은 세상의 모든 어머니를 답습한다. 지금의 내 나이는 여자라는 이름보다는 어머니라는 이름을 더 기꺼이 받아들일 때다.

어머니는 70대 후반의 험준한 고개를 의연히 넘었다. 지난해는 엉덩이 관절이 불편하여 칠팔 분 거리에 있는 지하철역까지 걸어가려면 몇 번을 쉬어야 했는데, 지금은 한번도 쉬지 않고 걸어가신다. 1년 사이 양방 한방 치료에다 종일 의료기기 체험장, 게이트볼 운동장에서 살다시피 하고 스트레칭과 요가 동작까지 섭렵하느라 피눈물을 흘리며 고군분투했을 것이다. 감히 흉내도 내지 못할 스트레칭 동작, 팔과 다리를 바닥에 붙인 채 몸을 활처럼 둥글게 들어올리는 유연성을 직접 보여주신다.

그 모습에 놀라 감탄하면서도 마음 한쪽이 저린다. 얼마나 절실했으면, 얼마나 치열한 전투였으면, 고통에 비례하는 외로움의 무게는 또 어떻게 감당했을까. 어머니는 당신의 수액을 남김없이 받아먹은 자식에게조차 한 치의 짐도 되지 않겠다고, 사는 동안만큼은 건강하겠다고 당당히 홀로서기를 하셨다. 고통을 삭인 뜨거운 노력에 유한부인 같던 그녀의 풍채는 초겨울 옷을 다 벗은 나무처럼 바싹 말라 있다.

마당의 한 그루 단풍나무에서 어머니의 향기를 찾는다. 당신의 향기는 담백하고 정갈하다. 언젠가 우리는 점점 가벼워지다가 활활 타올라 연기처럼 모두 흩어질 것을 안다. 그러나 당신은 깡마른 나신 속에 아직도 깨어 있는 정신을 간직하고 있다. 덜 마른 잡풀 냄새로 덮인 딸의 시간이 어머니의 맑은 향기를 배운다. 어머니는 문 앞에 들어선 겨울 한파에 굴하지 않고 그녀의 80대를 향하여 늠름하게 걸어가는 중이다.

부끄럽다.

다시 밴쿠버로 돌아온 이틀째, 늦가을 한 달 가까이 비워둔 집은 안팎으로 먼지와 낙엽이 뒹굴뒹굴 구르고 있다. 어느 곳한 군데 손길이 필요하지 않은 곳이 없는데 몸이 말을 듣지 않는다. 늘 아프다, 아프다는 푸념이, 보이지 않는 통증이 어머니 앞에선 엄살인 것처럼 부끄럽다. 얼른 몸을 추스르고 일어나

묵은 청소를 하고 어머니처럼 맑아지고 싶다. 그립다. 헤어진 시간이 짧을수록 더 사무치는 그리움이다.

새해에는 더 오랜 시간 함께할 수 있으면 좋겠다, 당신과 더불어.

격隔

'어허~ 달구야~' 선소리꾼의 뒤를 따르는 달구소리 후렴구다.

망자의 집터를 다지던 구성진 소리는 갈잎 갈피마다 파고들더니 이제 잠이 들었다. 아버지의 맏아들이면서 다섯 아이의 아버지로, 더불어 한 여인의 지아비로 쌓아온 삶의 무게를 마침내 툴툴 털어내고, 편히 누운 그를 두고 산에서 내려온다. 잔걸음을 치던 어린 그의 증손자가 격의 없이 팔을 잡아당겨 낯선 등을 더듬을 때, 참나무 마른 가지 끝에서 물빛이 반짝인다. 새로운 계절의 움이 트고 있다.

시아버지의 상사를 남들은 '호상'이라 한다.

아흔 살을 넘기고도 병원 신세를 지지 않고 급성 심정지로 명을 다하였으니, 모두가 큰 복이라 위로한다. 발인하는 아침은 유달리 차가웠던 날씨가 푹해지고, 살짝 흩뿌리는 눈발까지 춤을 추니 그 어른 좋은 데 가셨음이 틀림없단다. 아무리 더 없

는 호상이라 한들 문상객의 담담한 조문이 준비도 없이 갑작스
러운 이별을 맞이한 유족의 비통한 심사를 다 헤아리지는 못할
것이다. 하지만 상주와 상제를 위로하며 함께 애쓰는 조문객의
넉넉한 말 품앗이는 오랜만에 보는 우리 장례문화의 정겨운 풍
경이다.

산에서 내려오면서 서성이는 생각의 갈피를 잡는다. 시아버
지의 카랑카랑하던 목소리를 더 이상 들을 수 없다고 생각하니
발걸음이 무겁다. 시부모를 보낸 며느리의 텅 빈 마음이 부모
를 잃은 아들이 느끼는 슬픔의 넓이를 뛰어넘기는 힘들겠지만,
며느리도 아들과 하나같은 상제다. 허전하고 헛헛한 가슴은 당
연히 맞닥뜨리는 정서가 아니겠는가. 어느새 마음 한자리에 바
람이 일고 그리움이 스멀거린다.

언젠가 어느 장례식에서 겉보기에 한 가족 같지 않던 며느리
가 눈에 들어온 적이 있다. 그녀는 시어른의 영정 앞에서 무릎
을 꿇고 절을 하기는커녕 허리를 굽히지도, 묵례도 하지 않고
그냥 서 있기만 했다. 가족이 모두 함께 절을 하는데 혼자 우두
커니 서 있는 그녀를 보며 어떻게 그럴 수 있을까, 상식적으로
도무지 이해할 수가 없었다.

오늘 따라 그날의 며느리가 자꾸 생각이 난다. 그녀가 하나
님에게 의지한 세월이 그리 길지 않은 것 같은데, 신심이 얼마
나 크고 깊으면 집안 어른의 상례에 반기를 들고 혼자 꼿꼿하

게 서 있을 수 있는 걸까. 아니면 종교적으로 초심자라 앞뒤 사려 분별을 떠나 맹목적으로 되는지. 과연 친부모의 상례라 해도 친정 식구들과 달리 멀뚱히 막대처럼 버티고 서 있을 것인지. 그날, 상제가 아니라 문상을 온 조문객보다 못한 행동으로 그녀는 주위를 당혹스럽게 했다.

안타깝고 답답하다. 종교적 신념이나 법을 우리의 전통 관례나 예법과 동등하게 놓지 못한 그녀의 천칭 저울은 한쪽으로 심하게 기울어 있다. 뿔뚝 고집으로 자신의 의지를 쓸데없이 세우는 어리석음이다. 또 종교적인 문제와는 별다른 차원의 사고방식 하나가 머리 깊숙이 똬리를 틀고 있는 것은 아닐까. 시집이 그녀의 집이고 시집 식구는 한 가족이라는 공동체 의식을 마음에 담지 않으니, 자신이 시집의 중심이 되지 못하고 주인이 되지 못한다. 분명 자기 남편과 자식뿐인 그녀의 작은 우주는 시집이라는 확장된 식구와 가족 전체를 생각하는 큰 우주를 껴안고 아우르는 일은 역부족일 터다.

현명한 사람은 어긋난 아집을 버리고 모두를 끌어안는 포용력을 가진다. 그녀에게 필요한 것은 자신을 조정하고 알맞은 선택을 하는 여유와 조율의 과정이며, 조율을 위한 타협은 자신을 이겨야 하는 싸움이다. 조율은 격의 없는 속마음을 먼저 열어보이는 지혜가 필요하다. 지혜로운 사람은 남을 위한 배려와 양보에 익숙하고 조율을 위한 타협뿐 아니라 타협을 위한 조율에도 능하다. 집 안팎의 다양한 세상살이에 자신보다 다른 사람을 먼저 생각하는 사람에게 그녀가 똑똑히 말할지도 모른다.

"왜 당당하지 못하고, 그렇게 눈치를 보고 사느냐?"

우리는 눈앞 저울의 눈금을 서로 다르게 읽고 새로운 해석을 낳는다. 오랫동안 길든 습성의 차이와 거쳐온 삶의 거리 때문이다. 조율은 사람에 따라 살아가는 길을 밝혀주는 하나의 등불 같은 방편이 될 수 있고, 비굴한 타협의 뒷골목에 굴러다니다 말라버린 밥풀때기가 될 수도 있다. 우리 사이를 가로막는 간격은 각각 살아온 시간만큼 멀고 아득해져 있다. 조율과 눈치, 둘 사이의 격은 계절이 변하는 자연의 이치처럼 굳건하다. 우리의 격은 오고가는 삶과 죽음처럼 단단하다.

우리의 격의隔意는 허물어질 수 있을까.

우리는 모두 바다로 가야 한다

고향이 의미 있게 다가오는 이유는 어머니의 존재다.

코비드를 핑계로 미루었던 고향 방문을 위해 비행기에 오른다. 비행기는 미끄러지듯 서서히 바퀴를 굴리다 순간 떠오른다. 점점 점이 되는 집과 산, 호수와 강 그리고 바다, 밴쿠버의 일상이 멀어져간다. 창밖 저 어둠이 걷히면 마주할 고향은 늘 그 자리를 지키고 계신 어머니 품속처럼 따스하고 아늑하겠지. 어머니가 살아계시니 고향이 더 의미 있다. 어머니와 고향, 둘 다 기다려지는 만남이다.

새해 달력을 살펴보니 음력 2월이 두 번이다. 양력 3월 22일부터 4월 19일까지 음력 2월 윤달이다. 윤달은 음력을 사용하는 지역에만 있다. 음력만 사용하던 동양문화는 태양의 움직임을 담지 못해 계절 변화를 알기 어려운 점이 있어 절기력을 함께 사용한다. 1년을 이십사절기로 나눈 절기력은 태양의 운동에 따른 계절과 기후 특징을 잘 나타내므로 농사와 생활에 적용됐으니, 음력은 단순한 달의 력曆이 아닌 태음태양력으로 발전했다. 실제로 음력을 이십사절기에 맞추기 위해 없는 달을 만들어 넣은 덤이 윤달이다. 음력 1년은 양력 1년의 주기보다 약 11일이 짧아, 3년에 한 달 또는 8년에 석 달로 대략 19년에 일곱 달의 여벌 달을 넣어 맞추어준다. 만일 윤달을 전혀 넣지 않으면 17년 후에는 오뉴월에 눈이 내리고 동지섣달은 더위로 고통을 받게 된다.

예로부터 윤달은 공달, 썩은 달로 생각한다. 공달은 하늘과 땅의 신이 사람에 대한 감시를 잠시 쉬는 시간으로 불경스러운 행동을 해도 벌을 피할 수 있다고 믿는다. 공달에 하는 행동은 했더라도 하지 않았다고 생각하는 문화가 있기에 결혼과 같은 행사는 피하고 묘지 이장이나 수의를 만들어두곤 한다. 여하튼 윤달에 행하는 어떤 일이 길하다, 흉하다고 여기는 것은 우리의 문화일 뿐이다. 윤달에 하면 좋은 일, 나쁜 일이 어디 있겠는가. 윤달의 시간을 적절하게 생활에 활용하면 된다.

어머니는 어느 해 9월 윤달에 윗대의 묘지 이장을 단행했다. 묘제를 지내는 조상의 산소와 더불어 할아버지, 할머니까지 무덤을 정리하여 화장한 다음 모두 자유롭게 놓아드렸다. 아버지는 오래 전에 문무대왕릉이 있는 감포 앞바다에서 훨훨 보내드렸다. 우리는 아버지가 그리울 때면 언제나 감포 바다로 간다. 종갓집 며느리로 집안의 가장 큰 어른인 어머니 생각에 선산의 묘소 관리는 변하는 현대 생활 속 뿔뿔이 흩어진 집안과 자손에게 바윗덩어리 같은 짐이다. 당신의 나이 어느새 77세, 늘어진 주름살만큼이나 무거워지고 있으니, 더 이상 내버려둘 수 없다고. 자손이 편하도록 모든 짐은 당신이 안고 간다는 마음으로 윤달을 택해서 일을 치르셨다. 어머니의 깊은 뜻을 새기며 맏딸로서 당신에게 힘이 될 일이 무엇이 있을까, 곰곰 궁리했다.

윤달에 수의를 마련하면 병치레 없이 오래 산다는 말이 있다. 멀리 떠나와 살다보니, 필요할 때 어머니 곁에서 살뜰히 보살펴드리지 못해 항상 죄스럽다. 그해 윤달은 지났으니 다가오는 윤달에 어머니 수의를 준비해둔다면, 한 해가 다르고 하루를 다르게 느끼실 어머니의 몸과 마음이 조금은 편안해지지 않을까. 살아계실 때, 함께 맛있는 것 먹고 좋은 구경 열심히 다니고 멋지게 차려입도록 도와드리면 당연히 좋겠지만 여건이 맞지 않으니, 떠나실 때라도 제대로 갖추어진 옷 한 벌은 해 드려야겠다. 어머니가 우리 곁에 오래 머물기를 간절히 바라며 다짐했다. 마음속 간절했던 순간은 이미 흘러간 세월 속 기억이다. 벌써 두 번의 윤달이 지나갔지만, 딸은 아직도 수의를 준비하지 못했다. 다가오는 2월 윤달에는 꼭 어머니의 수의를 마련해야지, 다시 다짐한다.

하늘은 맑고 끝 간데없다. 지난 방문 때는 바깥 활동을 하기에 심각했던 미세먼지와 황사가 코로나 영향으로 한풀 꺾인 탓인지 공기는 상쾌하고 여기저기 색색이 물든 늦가을 정취가 사람을 불러모은다. 속초, 설악산, 양평, 남이섬을 거쳐서 서울숲까지 돌며 단풍든 가슴에 낙엽의 의미를 담았다. 나뭇잎은 말없이 떨어져 한 생을 마무리한다. 사람의 한평생도 그렇게 조용히 마침표를 찍고 잠들면 좋겠다.

알차게 짠 서울 여정은 순식간에 흘렀다. 동창 모임에 나가서 반가운 얼굴을 만나고, 외국 생활에 힘을 보태며 지내던 친구와 수다를 떨고, 오랜만에 만난 문우와 진지하게 문학 얘기도 나누었다. 모처럼 시댁 식구와 어울려 여행도 다녔다. 실내에선 여전히 마스크를 벗지 못하지만 때맞춘 결혼식과 장례식까지 도리를 다했다.

여정의 나머지는 오롯이 어머니와 보내는 일정이다. 대구행 SRT 도착 시간을 미리 계산한 어머니는 아파트 단지 정문 앞에 나와 계신다. 3년 만에 뵌 어머니. 당신 의지대로 말을 듣지 않는 몸 때문에 많이 약해진 모습이다. 지난 봄 어머니는 직장 일부를 잘라냈다. 노령이라 빠른 회복을 기대하며 로봇 수술을 받았고 다행히 대변주머니 없이 퇴원했으니 감사한 일이다. 하지만 당당한 걸음걸이를 자랑하던 두 다리는 힘이 빠지고 등과 어깨, 목은 웅크려져 왜소해진 어머니, 당신 모습에 가슴이 저린다.

　어머니의 시간은 얼마나 남아 있을까. 1년에 한번씩, 열 손가락은 아니더라도 다섯 손가락이라도 다 꼽을 때까지 함께하기를, 당신의 남은 시간이 누구보다 더 편안하기를 바란다. 오그려 움츠린 몸을 펴보라 자꾸 권하는 여동생의 말은 축 처진 어머니 귓바퀴를 치고 흩어진다. 파도가 거칠게 밀려온다. 어머니와 여동생, 우리는 옷깃을 파고드는 습한 바람에도 흔들리지 않는 스냅 사진을 남긴다. 언젠가 당신이 그리울 때면 우리는 오늘처럼 감포 바다로 달려오겠지. 먼 훗날 우리가 그리울 때면 누군가는 또 우리처럼….
　누군가 그리워지면 우리는 모두 바다로 가야 한다.

치痴

치痴는 무지하고 어리석은 마음이다.

마음은 겉으로 바로 드러나지는 않지만, 시간이 흐르면 자연스럽게 보이는 사람의 모습이다. 마음씀씀이를 보면 친구와 이웃 간에 나누는 정의 깊이, 선악의 구별, 옳고 그름을 판단하는 지적인 깊이까지 보인다. 마음씨가 뒤틀려 번뇌에 빠지고 스스로 화에 갇혀버리면 옳지 못한 행동으로 자신과 주변 모두를 괴롭게 한다.

치는 우리를 괴롭게 하는 번뇌의 뿌리다. 불교에서 말하는 삼독번뇌, 탐진치는 모두 마음가짐으로부터 생겨나며 서로 영향을 주는 고리에 묶여 있다. 어리석은 마음은 세상 이치를 벗어난 헛된 행동으로 고통을 겪으며 탐욕과 분노에 빠지는 불행을 초래한다. 하루하루 살아가면서 마음을 잘 다스리는 것이 삶의 지혜다. 우리는 마음속 어리석음을 덜어내는 마음수련이 늘 필요하다.

나는 지독한 언변치다. 말주변이 없어 말에 여인의 애교를 실지도 못하고 툭툭 뱉어, 연애도 잘 못한다고 투덜거리던 기억이 있다. 분명 한때는 언변치, 애교치, 연애치를 함부로 휘두르며 누군가를 아프게 했을 터다. 세월이 흘러도 변하지 않는 성정머리. 엉킨 치가 너무 많아 너와 나, 주변의 우리를 지금도 힘들게 한다. 나이를 먹어도 여전히 치에 무릎을 꿇게 되는 자신에 놀라며 후회의 늪에서 벗어나려고 안간힘을 쓰는 중이다.

요즘 나를 괴롭히는 것은 음치, 박치, 몸치다. 어릴 때부터 노래를 한두 곡만 불러도 목쉰 소리에 녹슨 쇳소리가 섞인다. 성대가 얼마나 약하길래 이럴까 싶어 짜증나지만, 태생적 문제니 어떻게 할 수 없는 일이다. 음을 다스리지 못해 억지소리를 짜내다보니 덩달아 박자까지 놓치는 현실은 스스로 음치에 더하여 박치를 인정하게 된다. 각종 모임 뒤풀이로 사람들이 노래방을 즐겨 찾던 시절엔 노래를 잘 부르는 사람이 세상 제일 부러웠다. 어두컴컴한 조명조차 피하려고 구석진 자리에 앉아 남의 노래에 맞춰 손뼉을 마주치던, 한 곡씩 돌아가는 순서도 마냥 버티며 차례를 넘겨주던 기억. 손바닥 박자마저도 몸치를 들통내며 자꾸 어긋나기만 하던 기억은 떠올리기 싫은 흑역사다.

음치와 박치, 몸치가 음악을 좋아하는 현실은 아이러니다.

혼자 있을 때면 맞지 않는 음정과 박자로도 곧잘 부르는 노래에 스스로 취하며 연주를 보고 듣고 즐기고 싶은 욕심은 누구 못지않다. 항상 새로운 시작과 도전은 엄두가 나지 않아 망설이곤 했는데…. 자신도 모르게 마음속 깊이 자리한 바람, 악기 하나쯤 다룰 줄 알았으면 하는 마음이 주변에 몰아치는 우쿨렐레 열풍 속으로 그만 빨려들고 말았다. 우쿨렐레는 기타보다 작고 바이올린보다 가벼워 보인다. 그 때문에 쉽게 배워 단시간에 부담 없이 어울릴 수 있다는 얕은 생각에 시작은 즐거웠다.

클래식 우쿨렐레. 그 열풍은 고급스럽고 멋스러운 클래식을 추구한다. 갈수록 복잡해지는 음표는 오선지 아래위로 옥타브를 자유롭게 넘나들며 현란한 춤을 춘다. 악기를 들고 바짝 긴장한 나는 박자를 놓치며 불쑥 튀어나오는 불협화음을 숨기지 못하고, 우왕좌왕이다.

노래와 연주를 같이 할 때면 더 심하게 삐걱거리는 자신을 알기에 벙어리처럼 입술은 꽉 다물고 애써 소리를 내지 않는다. 모두 열심히 잘 따라가는데 혼자 서툴고 버벅대는 것만 같아 화가 난다. 어느 것 하나도 욕심껏 되지 않는 음치, 박치, 몸치. 괜히 가까이 있는 누군가에게 난데없이 짜증을 쏟아붓는 실수라도 저지를까 불안하다. 그저 쉬운 코드 몇 개로 박자를 맞추며 노래를 흥얼거릴 수 있으면 좋겠다는 초심이 길을 잃고 동동거린다.

벌겋게 달아올라 잔뜩 상기된 얼굴이 우뚝 마주 서 있다. 나무관세음보살!

제2장

결, 결, 결

맛, 있거나 없거나

모든 가는 길에는 향기가 있다.

길을 가면서 고개 들어 가슴에 하늘을 품는다. 먼 산 위에 걸린 양떼구름 분분히 흩어놓고, 여름 산봉우리에 미련 떠는 눈뭉치도 빙수처럼 뽀드득 씹어 삼킨다. 때로 끝간데없는 블루베리와 크랜베리 농장 사잇길에 예쁜 파랑어치와 순간 스냅을 남기고 베리 꽃 속을 맴도는 꼬마쌍살벌 꼼짝 못하게 셔터 스크랩한다. 하루하루, 아침마다 열리는 길이 마냥 달콤할 수는 없겠지만 나름대로 맛이 있으면 한다.

길을 달린다. 집 앞 골목을 서서히 빠져나와 큰길에 나선다. 학교 앞 시속 30㎞ 구간을 지나고 구간마다 규정속도를 지키며 달리는데, 뒤에 오던 차들이 옆으로 비껴가는가 싶더니 어느새 앞으로 나아간다. 최고 속도 80㎞인 고속도로에서 90㎞로 달려본다. 짧게나마 뒤를 지키며 따라오던 차는 눈 깜짝할 사이 옆을 스치고 멀리 달아난다. 속도는 100㎞를 훌쩍 넘는 듯하다. 참 재미없고 멋쩍은 일상이다.

일주일에 몇 번씩 동쪽으로 난 길을 간다. 그쪽 길을 꼭 가야 하는 것은 아닌데 대안이 없다는 어설픈 핑계를 대며 같은 길에서 벗어나지 못한다.

오늘도 그 길을 간다. 길을 달려 새벽 강을 건너온 너와 나. 나란히 가는 좁은 길에서 바짝 앞사람을 물어뜯을 기세라 매번 억지 길을 터주어도 고맙다는 손 인사 한번 없다. 방금 자신이 앞지른 상대가 누구인지 알면서 시침떼는 것인지, 아예 자기가 가는 길밖에는 관심이 없는 것인지. 강산이 변할 만큼 함께한 서로의 시간이 무색해진다.

일상의 향기는 누구에게나 맛없고 지루하다. 익숙한 향기일수록 가꾸는 정성과 노력이 필요하고 지치고 싫증난 관계일수록 상투적인 행동에서 벗어나 관심과 배려를 더 해야 한다. 함부로 한 행동이 익숙해서 그랬다고 변명하고 싶겠지만 동료를 외면하듯 무심히 스쳐버릴 수는 없다. 아쉽다, 서로 마음을 다하면 깊고 따뜻한 향기가 피어나는 친구로 성숙할 수 있을 텐데. 찰랑대던 아침 윤슬이 프레이저 강 다리 아래로 흩어진다. 반짝이던 잔물결은 강물 위로 떠나보낸 미숙한 우리 시간처럼 차츰 사그라진다.

오랜 친구는 말한다. 나이들수록 바깥 활동을 줄여야 한다고. 즐겁지 않은 자리는 피하라, 웃으며 만나기에도 아까운 시간을 낭비하지 말라고 한다.

그러나 가는 길이 허허롭다고 멈출 수는 없다. 세상이 재미있거나 없거나 세상 사는 맛이 있거나 없거나 우리는 계속 자신의 마음을 다스리며 길을 가야 한다. 더욱이 길 위에 얽힌 인연의 고리를 함부로 끊을 수는 없다. 달면 삼키고 쓰면 뱉어내는 타산적 관계라 해도 피할 수 없으면 즐겨야 한다. 언제나 막다른 길의 최선은 지혜로운 마음으로부터 온다. 길 위에 가장 큰 힘은 지혜다.

'내심內心 외경外境'. 내심이 즐거우면 외경의 모든 것이 즐겁다. 마음은 자신이 보고 싶은 것을 바깥에서 찾고 그 외경이 다시 내심에 들어오므로 마음을 바로 깨치면 내심과 외경이 서로 환하게 통하여 세상 살아가는 일이 원만하다. 마음이 허공이면 바깥의 쓸데없는 것이 경계를 넘어오지 못한다는 의미다.

잠시, 카약으로 여름을 태우는 아이를 따라 노를 젓는다. 노를 젓다가 머리 위 흰머리독수리를 쫓으며 한가로운 새끼 오리의 자맥질을 지켜보려니 가는 길이 느리고 느리다. 느릿느릿 가는 길은 멀리 국경 넘어 보이는 베이커 산의 물소리, 바람 소리, 보이지 않는 숲의 속삭임까지 들린다. 맛깔스레 흐르는, 향기 나는 순간이다. 길 위의 모든 향기를 끌어안고 사는 일이 항상 재미있을 수는 없지만 나름 재미있으면 한다. 삶이, 맛있거나 없거나 마음은 저 강물처럼 청정히 흘러야 한다. 강물처럼 흘러가는 마음은 순간이 영원임을 안다. 내심은 언제나 외경의 허물 벗어버리는 지혜를 꿈꾼다.

결, 결, 결

결缺

마음에 결缺이 났다.

결은 항아리의 한쪽 손잡이가 떨어져 나간 것을 표현하는 형성 문자다. 무거운 항아리를 옮기는 데 필요한 손잡이가 없으니, 항아리가 제구실을 못한다는 뜻이 '이지러지다, 없어지다, 모자라다'라는 의미로 이어진다. 결점이나 부족한 것이 없는 완전무결한 사람이 되기는 어렵겠지만, 나름 바르게 걸어가려고 노력한 시간이 흩어진다. 어느새 결이 난 마음, 한번 이지러진 마음은 쉽게 다스려지지 않는다. 세상사의 쓸데없는 번뇌와 망상에 시달려 이지러질 대로 이지러진 마음이 억눌러지지 않고 시도 때도 없이 밖으로 튀어나와 나이든 얼굴을 추하게 만든다.

어쩌다 우리는 풍요롭고 따스한 어머니의 뜰을 떠나왔는지.

어쩌다 낯선 북방의 벌판에 발이 닿은 디아스포라 우리, 서로 닮은 사람끼리 반갑게 만나 엮어가야 할 이야기가 왜 이리도 시리고 시끄러운 것인지. 분명, 닮은 얼굴에 쓰는 말이 같은 우리끼리 써나가는 정겹고 포근한 이야기도 많을 텐데. 옹색한 이방인의 들에 삭막한 바람이 불어와 사람의 마음을 구기고 이지러지게 하는 일이 수시로 벌어진다. 결이 나버린 마음이 무섭다.

결缺이 난 마음엔 무수한 결結이 자리한다.

결結

결結은 번뇌의 다른 이름이다.

결은 자신을 스스로 결박하여 마음의 자유를 얻지 못하게 만드는 악이다. 항상 자기 생각이 옳고 자기의 행동만이 최선이라 믿는 사람, 자기 생각대로 타인을 조정하려는 사람은 마음에 맺힌 것이 많은 사람, 마음에 번뇌가 많은 사람이다. 마음에 결이 많은 사람, 그런 사람 누구라도 마음에 맺힌 번뇌를 풀고 자유로워졌으면 좋겠다.

심리학자 에드거 루빈이 고안한 〈루빈의 꽃병〉은 하나의 피사체가 다르게 보이는 흑백의 그림이다. 보는 사람의 시각에 따라 꽃병 혹은 두 사람의 옆얼굴로, 형태가 다르게 보이기 때문에 하나의 정답은 없다. 사람은 아는 대로 보고, 본 대로 보며, 보고 싶은 대로 본다. 누구나 자신의 기억, 경험, 습관을 토대로 그림을 해석하며 자신이 이해한 것을 하나의 진실로 믿을 뿐이다. 또 사람은 누군가 선입견을 불어넣어주면, 그 범주를 벗어나기가 무척 어려워 착시의 틀에 갇힐 수밖에 없다. 사실은, 그림 속 흑과 백 중에 각자의 선택이 무엇이든 흑백 모두를 함께 보아야만 어떤 형태 하나를 볼 수 있다. 흑백 어느 하나를 선택하면 선택되지 못한 나머지가 있기에 꽃병이나 얼굴 중 하나의 형태를 인식하게 되는 것이다. 시간이 지나가면 그림의 형태는 전경과 배경이 번갈아 지각되면서 다른 형태로 역전되는 현실을 보여준다.

루빈의 그림이 보여주는 착시현상은 인간관계에도 적용이 된다. 사람은 같은 공간에 있어도 각자 바라보는 것이 다르고, 같은 것을 보고 있어도 바라보는 시선에 따라 대상을 전혀 다르게 기억하고 느끼게 된다. 우리는 이성을 가진 인간이다. 살면서 맞닥뜨리는 인간사에 순간적으로 전경이나 배경, 어느 한 편으로 기울 수 있지만, 다른 편이 있다는 것을 깨닫고 차이나는 현실을 인정하고 상대편을 배려하는 마음을 가져야 한다. 동일한 사건과 결과를 두고 저마다 믿고 싶은 것만 믿고, 보고 싶은 것만 보고 이해하는 것은 아닌지. 언제나 이성의 불을 켜고 지나온 시간을 돌이켜보아야 한다.

우리 모두 관계에 어려움이 있을 때면 루빈의 그림을 떠올려

보면 좋겠다. 눈앞에 드러나는 타인의 행동만 보고 섣불리 사람을 판단하는 편협한 생각에 갇혀 관계를 무너뜨리는 어리석음은 피해야 한다. 시간을 갖고 타인의 행동과 그런 행동을 하게 된 상황을 함께 보는 여유를 가진다면 너그러운 마음으로 서로를 품고 이해하며 오래도록 단단한 관계의 끈을 가져가리라 믿는다.

어느새 나잇살만큼 늘어난 내 마음속 결結이 훤히 보인다. 루빈의 꽃병 하나 마음 한쪽에 놓아두며 자유롭고 싶은 오늘이다.

결

사람은 저마다의 결이 있다.

결은 그 사람의 삶이다. 그 사람만의 고유한 삶의 무늬이며 색깔이다. 흔히 '결이 다르다' 혹은 '결이 다른 사람이다'라는 말은 사람을 칭찬하는 긍정적인 의미보다는 삶의 기준과 신념이 서로 맞지 않아 받아들이기가 어렵다, 나와 달라서 내 마음에 들지 않는다는 부정적인 의미가 더 강하게 내포된다. 어디라도 사람이 모이는 뜰은 저마다 결이 다른 사람이 어우러져 있다보니 서로를 받아들이고 인정하지 못해 일어나는 충돌이 있다. 일이 생길 때마다 비틀거리고 이리저리 쏠려 흐르는 주변을 본다.

누구나 살다보면 엮이고 싶지 않은 일에 섞여들 때가 있다. 어떤 일이든 피할 수 없으면 즐기라 하지 않던가. 처신이 애매한 상황이라 물러선 자신을 팽개치는 행동은 하지 말아야 하겠다. 책임감을 느끼고 현실을 피하지 않으며 적극적으로 부딪히는 사람은 자존감이 높고 마음이 건강한 사람이다. 그는 자신이 누구인지 알고 자신을 객관적으로 볼 줄도 알며 자신의 어떤 모습도 받아들일 줄 아는 사람이다. 자기만이 가진 자신의 결로 소소하지만 따뜻하게 하루하루 삶을 가꾸어나가는 내면이 단단한 사람이다. 흔들리지 않는 중심이 되어 자신만의 결을 만들어나가는, 긍정적인 의미로 결이 다른 사람이다.

우리가 그리워하고 꿈꾸어야 할 사람은 진정 결이 다른 사람이다. 진정으로 결이 다른 사람은 만사를 억지로 움켜쥐기보다는 비우고 내려놓으려 노력하는 지혜로운 사람이다. 그는 결이 아름다운 사람이다. 결이 아름다운 사람은 마음에 결缺이 나지 않은 넉넉한 사람, 마음에 결結이 없는 편안한 사람이다.

오늘은 결이 아름다운 사람이 그리운 날이다.

환상 속으로

연회장 가득 노랫소리가 울려 퍼집니다.

심금을 울리는 애절한 멜로디, 영화 〈미션〉의 OST 〈가브리엘의 오보에〉에 이탈리아 말소리를 얹어 사라 브라이트만이 부른 노래네요. 영화의 첫 장면처럼 정복자와 원주민에 얽힌 역사의 한 장이 훤히 보이는 듯합니다. 아픈 역사처럼 힘들었던 한 해를 보내고 새로이 오는 해를 꿈꾸기에 이보다 더 좋은 울림이 어디 있겠습니까. 환상 속에서는 늘 올바르고 밝은 세상이 보인다고 노래합니다. 온 세상 인간애가 넘쳐나는 그곳에서 하늘에 떠다니는 구름처럼 영혼이 자유롭다고 하네요. 그런 세상이 바로 우리가 살아갈 세상, 다가오는 내일의 시간이기를 노래와 더불어 꿈꾸어봅니다.

영혼이 자유로운 사람이 되고 싶습니다. 나이들어도 항상 꿈을 잃지 않고 살아가는 자유로운 영혼이 되고 싶습니다. 사람은 늙어가는 것이 아니라 익어가는 것이라고 누군가 말했다지요. 몸은 늙어 힘이 없어도 정신과 마음이 사랑으로 가득 차면 영혼이 편안하고 자유롭겠지요. 오늘 밤 저 아름다운 선율에 흠뻑 물들어 포근한 가슴으로 앞에 앉은 사람을 바라볼 수 있으면 좋겠습니다.

나이들면서 내 안에서 자꾸만 커지는 화의 덩어리를 봅니다. 보기 좋게 익어가기는커녕 마음에 주름만 늘어 별것 아닌 일에도 여차하면 화를 드러낼 준비가 되어 있는 못난 어른입니다. 우리는 어쩌다 고루한 어른이 되는 것일까요. 요즘 젊은이들이 우리 세대를 '꼰대'라 부른다지요. 그동안 의식했든 의식하지 못했든, 젊은 세대뿐 아니라 같은 세대의 친구에게까지 얼마나 돼먹지 못한 꼰대질을 했을까, 돌이켜 생각해봅니다.

오늘 같은 모임 때마다 부끄럽기 그지없습니다. 마음에 들지 않는 자리라 생각되면 자리에서 먼저 일어나면 될 것을 마음처럼 행동하지 못하는 우유부단함으로 내내 신경줄이 팽팽하게 당겨집니다. 즐기지 못하는 술자리는 바늘방석이 따로 없지요. 지금도 테이블 위에 올려둔 포도주와 각자 선물로 받은 포도주까지 순식간에 바닥이 나고, 누군가 들여온 소주병이 술술 비워집니다.

남자들은 술을 마시느라, 여자들은 과일과 과자로 이미 허기를 때운 탓에 늦은 저녁으로 나온 요리는 그대로 남기지요. 다들 덧붙여서 하는 말인즉슨 예년보다 음식이 부실하고 맛이 없다고 하네요. 마주 앉은 사람이 그렇게 말하는 통에 부지런히 젓가락질하던 누구는 슬며시 손을 뒤로 빼고 말았습니다.

무슨 얘기를 하는지, 할 말이 어찌 그렇게 많은 걸까요. 사람들의 말소리는 천장과 벽, 바닥을 치고 돌아와 서로 부딪히고, 무대 위 마이크를 든 사회자나 연주자가 볼륨을 계속 높여댑니다. 모두 말이 너무 많습니다. 상대가 듣든 말든 자기 하고 싶은 얘기만을 늘어놓거나 같은 말을 자꾸 되풀이하네요. 탈무드에 기대지 않더라도 말은 적게 하고 많이 들어주는 것이 현명한 처신입니다.

난장판 속에서도 나름의 질서는 있는지 연회는 막바지에 이르네요. 막 초대 가수의 〈넬라 판타지아〉 무대가 끝나려 합니다. 다음 순서에 있을 폐회사를 남기고 우리는 우르르 자리를 떨치고 일어서겠지요. 아쉬우면 가볍게 커피 한 잔씩 하고 헤어지면 좋을 것을, 술이 술을 부르니 목소리 큰 사람이 2차를 밀어붙일 것입니다. 밤 늦은 도심의 식당은 전부 젊은이들의 마당이 된 지 오래지요. 그들 사이에 떡 버티고 앉아 민망한 줄도 모르고 목청을 돋우며, 빈 술병을 모아내며 당당히 떠들어대겠지요.

과음하면 말수가 많아집니다. 가벼운 반말이 튀어나오거나 사소한 말실수를 하게 되지요. 자신의 주관적인 생각을 상대에게 주입하려는 서로의 욕구들이 부딪히다보면 소통의 길을 놓쳐버리고, 부와 명예, 학벌과 족벌, 무엇이든 끌어들여 말도 안 되는 얘기를 늘어놓으며 말발을 세우기에 바쁩니다.

때로는 취하지 않아도 나타나는 그같이 세련되지 못한 정서의 얄팍함에 자꾸 헛구역질이 납니다. 21세기를 살며 20세기 정신으로 무장한 채 늙어가는 모습이지요. 어쩌면 나이를 먹으면서 우리 자신도 모르게 맞이하는 자연스러운 모습 같아 비참해지네요. 이 참담한 몰골에서 벗어나고 싶습니다. 얼굴엔 주름이 늘어나고 피부는 늙어 거칠어져도 마음은 깨끗하고 밝았으면 합니다. 맑은 영혼으로 자유롭게 살고 싶습니다.

환상 속에서는 생각이 여유롭고 유연합니다. 영혼이 자유로운 그곳엔 정복자와 원주민도 없고 고약한 어른도 없습니다. 틈이 날 때마다 음악을 듣고 책을 읽으면서 열린 자세로 누군가를 마주할 수 있는, 내면이 풍성한 사람들이 있지요. 나이나 지위는 아무 의미가 없단 것을, 이름난 풍광이나 뛰어난 사람이 아니라 이름 없는 사람의 소소한 일상이 빛나고 값진 것을 누구나 알지요. 사람의 외모보다는 내면의 아름다움이 훨씬 큰 매력임을 보고 따뜻한 마음과 사랑으로 서로를 존중하지요. 내면이 아름다운 사람이 엮어가는 세상, 그런 내일이 우리의 세상이기를 꿈꾸어봅니다.

환상 속에서는 모든 사람이 아름답습니다.

상이기를 꿈꾸어봅니다.

환상 속에서는 모든 사람이 아름답습니다.

왜, 너를 사랑하지 못할까

밴쿠버의 산과 들이 멀어진다.

낯선 도시로 향하는 여행의 설렘이 뭉게뭉게 구름처럼 피어난다. 비행기가 제 궤도에 들어섰음을 느끼자, 북쪽 마을의 시간을 가꿀 여러 대비책 중 하나를 펴본다. 긴 세월 서재를 지키며 때때로 나를 유혹하는, 여행을 떠날 때면 제일 먼저 가방 안에 들어오는, 오래된 친구를 물리고 오늘은 새로운 친구의 매력에 빠진다.

알랭 드 보통, 그의 글은 재미가 쏠쏠하다. 박식한 서술은 지적 자극을, 현실적이고 솔직한 표현은 설득력을 낳는다. 삶 속에서 우리가 만나는 사건이 어떻게 일상이 되고 그 일상은 상처로, 또 일상 같은 추억이 되는지, 그의 통찰력은 맛깔스러운 스토리텔링에 철학적 사유를 입혀 책 읽는 재미를 돋운다. 한 사람의 독자에서 나아가 글을 쓰는 사람으로서 그의 해박함과 풋풋한 필력에 빠지지 않을 수 없다.

그는 처녀작 『왜 나는 너를 사랑하는가』에서 남녀의 사랑에 천착한다. 남녀가 서로 만나 가까워지고 사랑을 하다 멀어지기까지, 아무 일도 없었다는 듯이 얼마간의 시간 뒤에 다시 만나는 사랑까지 밝은 통찰력으로 이끌어간다. 관계의 흐름을 들여다보는 그의 눈은 웅숭깊다. 우리는 초월적 가치가 아니라 선호에 기초해서 도덕적 판단을 한다고 말하며, 예로 홉스의 『법의 원리』를 든다.

모든 사람은 자기를 즐겁게 하고 자기에게 기쁨을 주는 것을 선이라고 부른다. 그리고 자기를 불쾌하게 하는 것을 악이라고 부른다. 사람이란 그 기질이 서로 달라서 선과 악의 일반적 구별도 서로 다를 수밖에 없다. 아가톤 하플로스, 즉 그냥 좋다는 것은 있을 수 없다.

그가 말하는 원리는 남녀관계의 역학뿐 아니라 사람과 사람, 모든 인간관계의 흐름이 다 마찬가지임을 은근히 내포한다.

언제부터인가 알 수는 없지만, 내 인간관계의 판단 기준도 자꾸만 법의 원리를 따른다. 지난 날의 나는, 나름 자신을 초월한 절대적 가치의 기둥을 세우고 있었다고 기억된다. 나이가 들고 이민자로서 좁은 바닥을 허둥대다보니 어쩔 수 없이 본연의 기질이 불쑥 솟구칠 때가 있다. 나도 모르게 싫은 사람이 생기고 만날 때마다 기분이 나빠지는 사람, 보고 싶지 않은 사람도 생기고…. 만나서 즐겁고 나에게 잘하는 사람은 선한 사람, 나를 불쾌하게 만드는 사람은 악한 사람으로 낙인을 찍는다. 점점 평정을 잃는다.

그는 즐겁지 않은 사람은 만나지 말라고 권한다. 만나서 행복한 사람만 만나도 아까운 시간에 왜 괴로움을 자초할까 싶지만, 우리는 사회적 동물이기에 관계의 울타리를 벗어나는 일이 무척 두렵다. 언제나 자기 합리화와 이욕에 길든 두려움은 상대의 올바른 판단을 흐리게 하고, 관계의 울타리를 더 옥죄는 아이러니에 이른다. 이런 어리석음에 물들어 있는 사람을 보는 일은 몹시 불쾌하다. 때로는 상처받은 마음을 끌어안고 아린 곳을 아파하고 슬퍼한다.

한편, 자신을 보지 못하고 누군가의 불쾌한 행동만 되새김질하는 나의 기질 또한 타인에게는 악이라고 불릴지도 모르겠다. 내가 감내하고 있는 정신적인 흔들림을 똑같이 겪으며 누군가가 나로 인해 아파하고 있을지도 모를 일이다. 너와 나, 서로 간에 실재하는 기질의 차이, 서로의 코드가 맞지 않은 결과로 각자 삶의 가치가 다른 데 놓여 있음을 무시할 수 없다. 우리는 서로가 너무 다르므로 진심으로 서로를 좋아할 수 없음을 깨닫는다. 결국, 나는 친구를 버리고 점점 고독해진다.

책장을 넘기며 마음으로 물어본다. 정말로 누군가를 그냥 좋아할 수는 없는가.

알랭 드 보통이 귀엣말을 속삭인다. 아가톤 하플로스, 아가톤 하플로스!

삼색 페르소나

유행의 물결은 TV 드라마에도 흐른다.

요즈음 대세는 다중인격과 시간여행이다. 여러 채널에서 해리성 정체성장애를 소재로 인간에 대한 사랑을 다양하게 그리는 한편 전생과 현생, 과거와 미래를 넘나들며 얽힌 인연과 삶을 풀어헤치는 이야기들이 흥미진진하다.

해리성 정체성장애는 한 사람 속에 여러 사람의 정체성이 존재하는 것을 말한다. 각각 다른 이름, 경험, 정체감 등을 가진 인격들이 번갈아 나타나면서 서로 갈등하며 다른 인격을 부정하기도 한다. 장애가 있는 드라마 속 인물이 고통과 갈등의 시간을 보내며 자신의 본모습을 찾아가는 노력은 늘 가까이 있는 사람의 힘으로 열매를 맺는다. 세상만사도 항상 이처럼 마무리되면 살 만하겠다.

여자들 몇이 맥도날드 구석진 테이블에 앉아 있다. 누군가 어제의 교통사고를 화제에 올린다. 늦은 밤 포트만 다리 확장 공사로 차량 정체가 심하여 몇 분 간격으로 가다, 멈추기를 반복했는데 다리를 코앞에 두고 멈추어 있는 잠시 뒤차가 자기 차 엉덩이를 받았다. 속도가 빠르지 않아 번호판에 범퍼가 살짝 긁혔고 조금 놀랐을 뿐 액땜했다고 생각한다. 이미 보험회사에 신고했고 내일 의사를 만난다고 덧붙인다.

그녀의 말이 끝나기가 무섭게 등장하는 삼색 페르소나.

페르소나 1 : (불안정하고 시끄럽게)

"이참에 낡은 흠집도 한꺼번에 수리하고, 아프다고 엄살떨어 여기저기 다 검사해. 무조건 변호사 사서 보상도 받아."

유황 냄새가 진동한다. 창백한 노랑이다.

페르소나 2 : (텅 빈 듯 가벼운 목소리로)

"다친 데 없으니 그냥 잊어버려. 별일 아니네."

쉽게 자신을 포기해버린다. 슬픈 흰 색이다.

페르소나 3 : (조용하고 차분하게)

"혹 모르니 허리, 목 X-ray 검사는 하도록 해. 이상 있으면 물리치료 해야지."

흔들리지 않는 중심이 보인다. 고귀한 검정빛이다.

차이를 보이는 세 가지 색깔의 인격을 마주했다. 그때의 놀라움은 액자 속에 붙박아놓은 연극의 한 장면처럼 지금도 선연하다. 선명한 프레임 속에서 페르소나 1과 2는 한동안 그들이 포장해 보여주었던 인격, 페르소나 3이 아니다. 남의 일이라 깊이 생각하지 않고 함부로 말하다보니 숨겨놓았던 본모습을 스스로 깨닫지 못한 채 드러내버렸다. 몹시 놀라고 당황스러웠던 기억이다.

광역 밴쿠버의 강남과 북을 이어주는 다리인 포트만은 강을 사이에 두고 흩어져 사는 사람들을 하나로 묶는 물리적인 끈이다. 다리가 강을 건너다니는 사람과 사람을 이어주는 물리적인 끈이라면 사람들 사이를 맺어주는 정신적인 끈은 무엇일까.

사람은 다양한 얼굴을 갖는다. 사회적으로 자신이 처한 상황과 위치에 맞는 역할을 하기 위한 색색의 얼굴들, 이런 외적 인격을 '페르소나'라 한다. 해리성 정체성장애 같은 병적인 다중인격은 아니라 해도 사람들은 자발적으로 만들어낸 삼색 페르소나를 적절히 다스리며 살고 있다. 자신의 근본적 성향을 억제하며 단지 주어진 삶에 적응하기 위해 노랗거나 희고 검은 색깔을 번갈아 갈아탄다. 스스로 통제할 수 없는 다양한 삶의 상황을 받아들이는 절대적인 노력이다.

'아무리 많은 가면을 쓰고 있는 사람이라도 시간을 속일 수 없다'라는 서양 속담이 있다. 세월이 쌓이면 그 사람의 본모습을 가리고 있던 가면이 저절로 벗겨지게 되고 절박한 상황에 맞닥뜨리면 숨겨놓았던 밑바닥 본성이 튀어나오게 마련이다.

사람과 사람 사이의 정신적인 끈은 마음이다. 강을 마주하는 사람들 사이를 연결하는 물리적인 다리는 부실공사로 순간 무너지고 끊어질 수도 있다. 하지만 참된 마음, 꾸밈없이 진실하고 깨끗한 마음으로 맺은 사람의 끈은 썩지 않는 동아줄이다.

살다보면 자신의 정체성에 혼동이 올 때가 있다. 우리는 모두 단단히 중심을 잡고 자기 안의 삼색 페르소나를 걸러내고 다스려야 한다. 가장 우아한 검정빛을 가진 자신만의 페르소나를 길들일 줄 알아야 한다. 진정한 자신의 페르소나를 갖고 다른 사람을 만나 관계를 맺는 자신 있는 삶을 살아야 한다.

참된 자기 자신으로 살 수 있다면 삶은 축복이다.

이브의 핑계

창세기의 아담과 이브는 부부의 전형이다.

오래된 그들의 이야기가 어쩌면 오늘을 사는 우리에게 더욱 생생하게 다가오는 진정한 생활의 가르침이 아닐까. 아담과 이브, 그들이 처음으로 죄를 짓던 것처럼 오늘의 부부도 서로 죄의 기둥을 높이 쌓아가지만, 자신들의 현실을 깨닫지 못하고 살아가는 것은 아닌가. 에덴동산에서 지은 아담과 이브의 죄 중에 핑계의 원죄와 그 핑계의 차이를 생각해보는 저녁 자리가 있었다.

부부 동반 모임이었지만 그날은 남편과 아내가 각각 테이블을 나누어 앉은 탓에 좀 더 진지한 애기들이 오고 갔다. 월요일마다 교리 공부를 하는 마리아의 자녀 P가 말하기를 지난 번 과제가 하와-이브의 '핑계의 원죄'인데, 그녀는 일주일 내내 생각해봐도 자신은 하와처럼 누군가에게 핑계를 대며 죄를 덮은 못된 기억이 없어 과제 발표를 못할까, 은근히 걱정했다고 한다.

P의 말을 들으며 나도 모르게 웃음이 났다. 우리 부부는 지난 봄 꽤 긴 여행을 P부부와 함께했다. 그때 나보다 훨씬 많은 세월을 살아왔어도 여전히 티 없이 맑고 앳된 그녀의 얼굴과 행동이 한편 부럽기도 했다.

"왜 없어요, 나는 매일 핑계의 원죄를 짓는데."

소리내어 웃으며 말하자 그녀가 답을 물었다.

"남편에게 늘 핑계를 대잖아요, 뭔가 잘못된 일만 있으면….."

"어! 맞아, 어떻게 알았어?"

신기하다는 듯 그녀가 말했다. 아니나 다를까, 월요일 아침 식탁에 앉아 걱정하는 그녀에게 남편이 깨우쳐준 답이라 한다. 그녀는 틀림없는 이브다.

올해 우리 부부는 집을 옮겼다. 처음 이사를 하자고 시작한 사람은 남편이지만 무리한 선택으로 몰아붙인 사람은 나였다. 남편은 낡은 집이라도 땅이 넓은 집을 원했고 나는 내심 사오십 년 늙은 집으로는 가기 싫어서 뒤틀다 점점 눈높이를 올려 넓은 대지에 아직은 젊은 집으로 이사했다. 경제적 부담을 지게 된 원인이 나인 것을 알면서도 모르는 척 시침을 떼고 하지 않아도 될 이사를 시도한 남편에게 몇 달째 모든 핑계를 대고 있다. 사업체를 열 때도 마찬가지다. 남편이 새 사업을 시작할 때 무조건 반대를 해놓고 사업이 신통찮으면 온갖 핑계로 투덜거린다. 나는 전형적인 이브다.

오늘날의 우리는 배울 만큼 배우고 알 만큼 안다. 나름 덕을 갖추고 교양도 있어 집 밖에서는 남에게 핑계를 대는 죄를 쉽게 범하지 않는다. 그러나 집 안으로 들어오면서 웅크려 있던 마음을 가장 가까이 있는 남편과 아내에게 마구 쏟아놓게 된다. 어떤 부부는 집안의 크고 작은 일에서부터 나아가 자신들의 사회활동까지 온갖 어긋나고 틀어진 일은 상대의 탓이라 싸우고 심지어 서로가 잡은 관계의 끈을 놓아버리고 멀어지기도 한다. 모두 핑계의 죄를 범한 현실의 아담과 이브다.

성경 속의 아담과 이브, 서로 간의 두 핑계는 차이를 보인다. 뱀의 유혹에 선악과를 먹은 자신의 죄를 숨기는 이브의 핑계와 잘못인 줄 알면서도 이브와의 관계의 끈을 놓지 않으려는 애착과 교만한 마음으로 어리석은 판단을 한 아담의 핑계는 엄연히 죄의 무게가 다르다. 조금은 단순하고 가벼운 이브의 핑계와는 달리 아담의 핑계는 이면에 숨겨진 의도로 복잡하고 무겁다. 어쩔 수 없이 모든 아담은 목에 걸려 있는 '아담의 사과'를 생각하며 영원히 이브를 아끼고 사랑해야 한다.

P와 나, 두 이브의 핑계 또한 다르게 다가온다. 이브 P는 사소한 일상에서 가벼운 핑계의 죄를 범하고 있지만, 그녀의 남편은 사랑으로 그녀를 감싸고 일깨워주며 오늘의 아담으로 다정하게 살아간다. 그들 부부의 모습에 나를 오버랩시켜보니 부

끄럽기 그지없다. 나는 한 남자를 만나 이브로 살며 모르고 짓는 이브의 핑계와 알면서도 일을 저지르고 핑계를 대는 아담의 원죄까지 더하여 그를 힘겹게 만드는데, 나의 아담은 여전히 옆의 이브를 따스하게 보듬어준다. P와 내가 핑계의 천칭 저울 양쪽에 각각 앉으면 무게중심은 분명 나를 향할 것이다. 이브의 핑계도 이렇게 사람에 따라 무게가 다르고 이브를 사랑하는 아담의 사랑 방식도 각양각색이다.

우리가 사는 세상은 이제 에덴동산이 아니다. 이브는 각자 품은 핑계의 원죄가 크든 작든 그 굴레를 얼른 벗어나 자기 내면을 깊이 들여다보며 삼라만상 세상 이치를 깨닫고 성숙한 인격으로 아담의 힘이 되어야 한다. 나는 진정 현명한 이브로 살고 싶다. 가슴에 뿌리내린 핑계의 원죄는 이제 내 의지로 뽑아 던져버리련다. 어느 순간 가슴을 팍팍하게 할지도 모를 핑계의 기미조차 지우고 또 지운다.

잘 가라, 이브의 핑계.

F 혹은 T, 어쩌면 그 사이

MBTI 결과를 본다.

Myers-Briggs Type Indicator는 융의 심리이론을 토대로 브
릭스와 그녀의 딸 마이어스가 만든 성격유형검사다. 생활 양식
과 에너지를 얻는 초점, 사람과 사물을 인식하고 판단하는 근
거에 따른 8개의 지표를 4개씩 조합해 16가지 성격유형을 제
시하고 분석한다. 자기 보고식 설문에 개개인이 응한 답을 바
탕으로 하나의 유형을 조합해내는데 고개를 끄덕일 만큼 흥미
롭다. 자기 성향을 알고 이해하면 직업 선택이나 사람 사이 궁
합 같은 실생활에 적용할 수 있기 때문에 MZ세대를 중심으로
인기 있는 심리검사다. MBTI에 열려 있는 젊은 세대는 동일
유형을 만나면 친밀감에 더 빨리 가까워지고, 다른 유형을 만
나도 서로 이해와 소통에 힘쓴다. 성격이 달라도 MBTI에 대한
이해가 충분하면 합리적인 조율과 관계 유지에 보탬이 된다.

각각 MBTI를 알고 서로 배려하므로 사람과 사람, 그 관계 속 삐걱대는 소음이 줄어들기 때문이다.

당신은 ISTJ 현실주의자입니다. 첫 검사에서 나온 성격유형, 현실주의자라는 말이 마음에 걸린다. 의구심을 숨긴 억지를 부리며 설문에 다시 신중하게 답을 해본다.

당신은 ISFJ 수호자입니다. 마음에 드는 결과다. 솔직히 현실주의자보다는 수호자가 되고 싶다. 세월을 돌아보면 수호자와 현실주의자, 둘은 내 안의 지킬과 하이드가 되어 때때로 무게중심을 바꾼다. 거울 앞에 선 수호자는 가끔 저 혼자 부끄러움을 느낀다. 현실주의자는 또 거울을 보며 남 모르는 자신을 정당화한다. 수호자인 척 행동하던 자신이 어느 순간 현실주의자로 전락해버릴 때 오는 자괴감과 허탈함은 한동안 힘들고 아프게 한다. 언제나 변함없는 수호자가 되고 싶다.

수호자와 현실주의자, 둘의 차이는 무엇일까.

두 유형 지표 구성은 3개가 동일하고 나머지 하나만 다를 뿐이다. ISFJ와 ISTJ, 두 성격유형의 첫 번째 동일 지표인 I는 내향형이다. I는 여러 사람과 어울려 외부 활동을 즐기기보다는 혼자 시간을 보내며 내적 에너지를 쌓고 싶어한다. 내면의 상호작용을 중요시하고 소수와 친밀한 관계를 유지하며, 말보다 생각하고 글로 표현하기 좋아하는 사람이다. 두 번째 S는 숲보다는 나무를 보려는 경향이 크다. 현실에 바탕한 생활 경험으로 정확하고 철저하게 일하는 감각형이다. 네 번째 J는 일이 분명한 것을 좋아하여 계획적이며 체계적인 삶의 방식을 지킨다. 자신만의 엄격한 기준을 갖고 신속한 결론을 내리는 판단형으로 유연성이 떨어진다. 동일한 세 지표의 분석은 적확한 나의 성향이며 성격임을 인정할 수밖에 없다.

세 번째 지표 F와 T는 판단의 근거에 따른 상반되는 성향이다. 감정형 F는 상황의 특성과 관계를 중심으로 공감과 이해를 끌어내려 하지만 사고형 T는 원리 원칙과 객관적인 정보에 집중하여 논리적이고 비판적인 판단을 내린다. F와 T의 갈림이 나의 성격유형을 수호자와 현실주의자로 다르게 지정한다. 수호자와 현실주의자의 차이는 지표 F와 T 성향의 차이로 이해된다.

나는 내성적인 사람이다. 조용하고 차분해 감정을 잘 나타내진 않지만, 열정적이면서도 겸손한 태도로 일과 사람을 대한다. 책임감과 인내심을 갖고 한번 맺은 인연을 귀하게 여기며 이해와 배려를 다하는 편이다. 진정한 수호자 성향이다. 내향적인 나는 때로 원리 원칙을 따르지만, 두터운 책임감에 어떤 것이든 마음먹으면 최선을 다한다. 진실한 모습과 행동에 자부심을 가지며 비판적인 생각을 솔직히 얘기하는 팩트Fact 폭력을 날릴 때도 있다. 현실주의자 성향이 확실하다.

어쩌면 나는 F와 T의 경계에서 줄을 타는 곡예사인지도 모르겠다. 사실은 균형을 잘 잡고 있으면서 스스로 한쪽으로 무게중심을 놓고 넘어져 있다는 착각 속에 살거나 힘든 현실에 처하면 서둘러 다른 쪽으로 중심을 기울이는 시늉을 한다. 가끔 실제로 넘어지기도 하는 어리석고 어설픈 곡예사다.

수호자인 나는 내향적이면서도 다른 사람과의 소통을 추구한다. 모임이나 단체의 중간자로서 잘 어울리지 못하는 아싸Outsider를 배려하며 함께하려고 애를 쓰다가 스트레스를 받고 완전히 지쳐 나둥그러지기도 한다. 마냥 활달하고 적극적인 인싸Insider 무리 속에서 스스로 겉돌며 침묵할 때도 있다. 때로는 큰 목소리를 가진 열혈 참여자와 대세의 흐름을 감당하지 못해 그동안 잡고 있던 소외된 손을 놓고 관계의 끈을 풀어버릴 때도 있다. 주도자가 되어 관심을 끌 필요는 없지만, 덩달아 주변인으로 고정돼버리는 건 원하지 않는다. 효율적인 관계 유지를 위해 죄책감은 벗어버리고 금세 현실주의자가 된 나를 만나는 순간이다.

30대 후반쯤 만난 L 선배를 생각한다.

우리의 관계가 남긴 상처는 흔적이 오래도록 선명했다. 단체의 회원으로 만나 함께 활동하던 그는 처음엔 사람 좋은 선배였다. 적극적인 그는 선배와 후배를 두루두루 잘 챙기고 궂은 일을 도맡아하는 인기인처럼 보였으나, 시간이 흐르면서 혼자된 후 자식을 키워낸 아픔과 외로움, 어려움이 쌓여 굳어버린, 심각한 농양이 그의 가슴에 뿌리박혀 있음을 알게 됐다. 단체의 성격에 맞지 않는 술자리를 자주 만들고 그때마다 취한 상태로 주정을 부리며 아슬아슬한 고비를 넘겼다. 공적 모임 외에도 선배는 밥친구, 술친구로 사람을 수시로 불러내고 횡설수설 추태를 부리는 일이 잦아졌고, 회원들은 하나 둘, 그와 거리를 두기 시작했다. 어느 날 단체는 그를 완전히 퇴출했다.

수호자인 나는 선배의 파수꾼이 되지 못했다. 선배 앞에서 공감과 이해의 맞장구를 아끼지 않던 나는 점점 피곤해졌고, 퇴출 낙인을 찍는 냉정한 현실에 관계를 끊을 명분을 찾는 현실주의자가 됐다. 한번쯤 연락하고 만나 쌓인 회포를 풀 수도 있는 관계였는데, 길을 걷다 마주쳤는지도 모르고 지나갈 만큼 우리 관계는 완전히 끊어지고 말았다.

세월이 흘러도 사람 사는 세상은 쉽게 변하지 않는다. 반복되는 인간관계의 아이러니는 지금도 부지기수다. 오늘도 사람 때문에 스트레스를 받고 자괴감에 빠진다.

수호자 혹은 현실주의자, 여전히 그 경계에 서 있는 나를 본다.

〈짐노페디〉를 듣는 저녁

사람이 그리운 저녁이다.

주변에 많은 사람이 있어도 사람이 그리운 것은 어쩔 수가 없다. 늘 사람이 그립다. 타향에 오래 살다보니 마주 앉아 사투리를 주고받을 수 있는 고향 사람이 아쉽고, 오래된 친구처럼 말이 없어도 서로를 느낄 수 있는 사람이 간절하다. 편견과 가식이 없는 진실한 사람을 만나고 싶다. 사랑과 이해로 함께하는 시간이 즐거운 사람이 절실하다. 사람다운 사람, 진정 그러한 사람이 그리울 때 나는 〈짐노페디〉를 듣는다.

"사람 안주가 제일 맛있지 않나요?"

가끔 오찬을 나누고 티타임을 가지는 모임에서 누군가 한 말이다. 자리에서 빠진 한 친구의 얘기로 골이 깊어진 대화의 초점을 돌려보고자 했던 의도에 정면으로 도전한, 당돌함에 할 말을 놓쳐버렸다. 참을 수 없는 가벼움이다. 그렇다면 친구라는 이름으로 만나는 모임이 무슨 소용인가. 웃는 얼굴로 서로의 보이지 않는 상처를 할퀴며 등 뒤에선 목덜미를 잡아당기는 아귀다툼의 난장인 것을 깨닫는다. 친구로 가장한 서로의 가증스러움을 실감할수록 견딜 수 없는 무거운 만남이다.

마른안주는 씹을수록 맛이 난다. 마른안주를 씹는 것 같은 재미에 사람들은 다른 사람을 안주로 즐기기를 마다치 않는다. 술안주로 때로는 단순한 수다 안주로 다른 사람의 얘기를 마구 해댄다. 하지만 마른안주를 오래 씹으면 입안이 얼얼하고, 사람으로 안주삼아 지치도록 떠들고 돌아서면 어김없이 허전하고 쓸쓸하다. 이런 뒷맛의 쓸쓸함을 모르거나, 아무런 거리낌도 한 치의 부끄러움도 못 느끼는 사람은 안타깝고 불쌍한 존재다. 세상엔 이처럼 무지한 안하무인이 많다.

살다보면, 마음에 들지 않지만 함께해야 할 인간관계도 있다. 한 가닥 측은지심으로 스스로 묻는다. 당돌하고 염치없는 사람과의 불편한 만남을 계속해야 할 이유가 있을까. 만날 때마다 순간순간 열이 뻗쳐오르고 나도 모르게 자꾸 언성이 올라가려는 것을 어떻게 다스려야 할까. 사실, 편치 않은 만남은 인내심과 상생의 힘을 배우는 고통스러운 삶의 현장이다. 아무리 어려운 만남이라도 함부로 발을 뺄 수는 없다. 나를 먼저 돌아보는 긍정적인 마음과 남을 이해하려는 사랑의 마음을 만남의 바탕에 둔다면 참을 수 없는 가벼움도, 견딜 수 없는 무거움도 모두 내려놓을 수 있으리라.

에릭 사티는 카페의 배경음악으로 연주하기 위해 〈짐노페디〉를 작곡했다. 조용한 카페에서 와인을 즐기는 사람들에게 자유롭게 전달되는 선율-때로는 가까이 들리다가 때로는 멀리서 흐르는, 신경써서 듣지 않아도 저절로 들리는 신비로운 음악이 〈짐노페디〉다. 목소리를 높이며 관계를 강요하거나 자기 존재의 부각을 위해 관계를 함부로 만들어버리는 사람은 달갑지 않다. 분명 존재하면서도 드러나지 않고 흐르는 시간 속에서 어느 순간 서로의 배경이 되는 아름다운 사람과의 인연을 꿈꾼다.

〈짐노페디〉의 선율처럼 편안한 사람이 그립다.

아름다운 거리距離

지하철 안에서 한 쌍의 연인이 주고받는 얘기를 엿듣는다.
그들의 말소리는 입 밖으로 나오기가 무섭게 흩어져 바람처럼
사라진다.

"오리역에 가면 진짜 오리가 있을까?"

"응, 몰라."

"약수역에 가면 정말 약수터가 있을까?"

"어 그래, 가봐."

겉으로 보여주는 자세나 행동은 분명 사랑하는 연인인데, 나
누는 대화는 남이다. 허무개그 한 편을 보는 느낌이다. 동문서
답을 하는 사오정 시리즈보다 더 현실을 냉혹하게 묘사한 것이
허무개그다. 뻔한 사실을 모르는 척, 상대를 외면하는 철저한
무관심으로 맞장구친다. 아니면 물에 빠진 사람 건져주지는 않
고 보따리만 뺏고 달아나는 격이다.

재미없는 일상에서 탈출해보려는 젊은이들의 재치와 웃음 뒤에 숨겨진 진실은 무엇일까. 비틀린 인간관계의 현실, 그 치부를 솔직히 보여주고 싶은 것은 아닐는지. 사람과 사람의 사이, 인간관계에 대한 화두를 던진다.

희곡작가 이만희는 연극 〈아름다운 거리距離〉를 통해 인간관계의 미학을 말하고 있다. 아름다운 거리는 사랑과 우정, 고난의 인생 역정이 수놓인 드라마다. 고등학생 때부터 친구가 된 50대 동갑내기-안광남과 민두상, 안광남의 이혼한 전처 고이랑, 세 사람의 우정과 사랑은 아름다운 거리를 유지하며 강물처럼 흐른다. 작가는 '진정한 의미의 아름다운 거리란 둘이 둘인 상태가 아니라 둘이 하나가 된 묘유妙有의 경지'라고 말한다. 아름답고 감동적인 인간관계의 미학이다.

사람과 사람이 관계를 맺는 일은 피할 수 없는 삶의 과정이다. 친구와 이웃, 집단의 동료와 선후배, 연인과 부부, 부모와 자식이 모두 관계 속에 존재한다. 인간은 사회적 동물이라는 대명제를 부인할 수 없으므로 사람과 사람, 너와 내가 만나 관계를 맺고 함께 살아가기 위해서는 서로의 노력이 필요하다. 너는 내가 될 수 없고, 나도 네가 될 수 없지만, 너와 나는 우리가 될 수 있다. 너와 나, 우리가 하나되기까지 부단한 노력과 희생, 용서를 아끼지 않아야 한다. 따라서 사람과 사람 사이에는 적당한 간격, 아름다운 거리를 유지해야 한다. 너와 내가 하나된 우리가 되려면 얼마만큼의 거리가 아름다운 것일까.

생텍쥐페리는 『어린 왕자』에서 아름다운 만남의 모습을 보여준다. 어린 왕자와 여우가 나누는 대화를 보면, '길들인다'라는 말의 의미를 알 수 있다.

"우선 참을성이 있어야 해. 처음엔 나에게서 조금 떨어져 이렇게 풀밭에 앉는 거야…. 그때 너는 아무 말도 하지 마. 말이란 오해를 만드는 씨앗 같은 것이니까. 하루하루가 지남에 따라 너는 조금씩 나한테 가까이 다가와서 앉는 거야…."

여우는 어린 왕자에게 길들이는 법을 가르치며, 길든 친구가 소중한 이유는 서로가 바친 시간 때문이고, 길들인 것에 대해서는 언제까지나 책임을 져야 한다고 말한다.

그렇다. 사람과 사람이 처음 관계를 맺을 때는 오랜 시간 참으면서 조금씩 서로에게 길들어야 한다. 서로가 관계를 맺고 길든 뒤에는 언제까지나 정성을 다하며 길든 시간에 대해 서로가 책임져야 한다. 길들인 시간에 대해 책임져야 한다는 것은 서로의 관계를 지켜나가도록 노력해야 한다는 것이다. 그러기에 아름다운 거리는 꼭 필요하다. 하지만 살아가면서 서로의 관계가 피곤하게 다가올 때도 있다. 관계를 맺은 서로가 적당한 거리를 조절하지 못하고 너무 쉽게 서로를 소유하려 한 탓이다. 순식간에 서로의 테두리를 무너뜨리고 너의 테두리에 나를 가두고자 한다. 너는 나의 아픔에는 눈 감고 너의 아픔을 잊기 위해 더욱 굳건한 테두리를 만들기만 한다. 나도 마찬가지로 너를 향해 급하게 달려갈 때가 있다. 너와 내가 우리가 되기까지 기다리지 못해 생긴 문제는 만남을 피곤하게 해 관계를 끊어지게 한다. 우리라는 공동체 의식에서 서로의 테두리를 보호해줄 수 있는 인내가 절실한 순간이다.

사람과 사람 사이가 아름다워지려면, 얼마만큼의 간격이 적당한 것일까. 얼마간의 거리가 관계의 아름다움을 유지해줄 수 있을까.

사람은 어차피 혼자일 수밖에 없는 고독한 존재다. 아무리 깊은 관계를 맺고 있다고 해도 자라온 환경이 다르고 습관과 성격이 다른 너와 나는 하나가 될 수 없다. 사람에게는 그 나름의 테두리가 있지 않은가. 각자 테두리의 깊이만큼 서로 고독하며, 그 넓이만큼 서로 거리가 있음을 인정해야 한다. 너와 나의 테두리를 이해하고, 테두리의 깊이와 넓이를 인정하는 지혜가 삶을 아름답게 한다. 사람과 사람 사이의 아름다운 거리가 필요한 이유다.

아름다운 거리는 눈으로 측정할 수 없는 거리다. 사람과 사람 사이의 간격, 너와 나의 아름다운 거리는 마음으로부터 생기는 거리다. 너와 내가 너무 가까이 서 있으면 서로를 제대로 볼 수 없고, 너와 내가 너무 멀리 있어도 서로를 잘 볼 수 없다. 우리가 서로의 존재를 바로 볼 수 있는 적당한 거리가 아름다운 거리다. 아름다운 거리만큼 서로를 마주 볼 때, 너와 나는 아름다워지고 마침내 우리가 된다.

나는 생각한다. 너와 나, 우리가 되기까지 필요한 것은 한 가닥의 부드러운 고무줄임을. 우리의 아름다운 거리는, 너와 내가 고무줄을 서로 맞잡고 서 있는 거리다. 아무리 멀어져도 서로 끊어지지 않으며, 아무리 가까워져도 서로 부딪히지 않는 고무줄의 역학적인 관계가 아름다운 거리다.

살아가는 수많은 관계의 울타리 속에서, 진실로 나에게 우리라는 관계를 묶어준 고무줄은 있는가. 돌이켜볼 일이다.

쉰아홉, 조금 알고 적당히 모르는

바람이 분다. 관계의 쓸쓸함이 묻어 있는 회색 바람. 바람은 옹기종기 모여 앉은 마을의 집과 집 사이로 잦아든다. 적당히, 알면서도 모르는 척, 모르면서 아는 척, 척, 척. 조금 알고 적당히 모르는 척하는 마음도 회색이다. 회색 바람이 분다.

올해 수필 동인지 글의 주제는 '가장 버리고 싶은 것'이다. 몹쓸, 팬더믹 때문에 원고 마감이 며칠 남지 않았는데 책상에 한 번도 앉지 못했다. 코로나시대로 접어들며 실내 모임이나 활동이 어려워 야외운동에만 빠져들다보니 글 쓰는 일에 하염없이 게으름을 피운다. 어리석은 일이다.

글을 쓴다는 건 살아온 시간의 자기반성이며 살아갈 시간을 위해 생각을 모으는 노력이다. 아무 생각 없는 시간은 불안하고 초조하게 흘러간다. 널브러진 의식을 일으켜 세우지 못하고 영원히 죽어버리는 일아 없도록 안간힘을 다해 글을 쓰려고 한다. 쉬운 일은 아니지만, 가능한 자신을 객관화하여 바라본다. 글을 쓰기 위해 거울 속 이면에 숨은 9세 어린 양부터 59세 주름 깊은 노새를 만난다.

한없이 맑은 화선지. 때 묻지 않은 흰 빛 아홉은 순수했지만 쉰아홉 얼룩진 화선지, 조금 알고 적당히 모르는 회색이다. 천만다행이다, 떨어진 먹물 방울들 번지고 번져 엷어진다.

자기계발서 『조금 알고 적당히 모르는 오십이 되었다』에 의하면 오십이 '척'에 숨긴 자신의 마음을 드러낼 때라 한다. 용기가 필요한 일이다. 누구나 마음은 있어도 생각을 행동에 옮기는 일은 쉽지 않다. 삶이라는 불확실한 시간 앞에 어느새 둘러처놓은 방어막이 있다면 지천명의 맑은 눈으로 가려진 그늘을 하루빨리 걷어내야 한다. 여름날이면 뜨거운 태양을 피하려고 사람들은 그늘로 찾아든다. 시간이 흘러 저녁이 오고 겨울이 오면 그늘을 위한 가림막이 더는 필요치 않다. 저녁이 오면 우리는 모두 집으로 돌아간다. 어둠이 내리기 전에 가려진 그늘을 걷어내고 자신의 본모습을 찾아야 한다. 숨겨놓았던 자신의 마음을 솔직히 드러내고 주관적인 삶을 가꾸어나가는 열정이 필요하다.

언제나 현실과 이상은 거리가 멀다. 회색으로 물든 쉰아홉 마음은 점점 더 조금 알고 적당히 모르는 척이다. 오십이 되면서부터다. 그때부터 주변에 자욱하던 회색 기운이 자꾸 여린 눈 속으로 스며들어온 것 같다. 지금 여기 모여 사는 우리는 서로의 타자를 동등한 인격체로 바라보고 있을까. 과연 우리는 서로를 인간답게 바라봐주는 것일까. 의심의 눈빛은 더욱 탁하게 물들어간다. 탁한 눈과 어두운 마음으로 마주한 타자는 대부분 회색분자이고 심지어 뇌동부화하여 일을 꾸미는 사람이다. 때로는 회색분자를 몰고 가는 잔머리, 그 꼭두각시놀음에 번번이 작거나 큰 소란이 일어나기도 한다.

사람의 올바른 도리는 타인의 고통에 공감하며 함께 아파해야 한다. 쉰아홉, 회색으로 물든 마음에 보이는 타자는 공감의 의미를 악용하고 있다. 타인의 고통에 공감하며 안타까워하는 것이 아니라, 동네방네 아는 사람 모르는 사람 들쑤시고 떠들썩거려 놓는다. 사실은 공감과 거리가 먼 정의의 나팔을 불어대며 즐기고 있는 듯하다. 오랫동안 인간과 인간, 그 관계성의 의미는 함께한 세월에 있다고 믿었다. 이제 사람의 진정성을 믿을 수 없는 회색시대다. 긴 세월 서로 아끼고 보듬어주던 관계는, 실제는 서로 필요로 이어진 만남이고 득이 없어지면 철저히 내팽개쳐진다. 서로의 의미는 더불어 보낸 시간이 아니라 계산된 이해득실일 뿐이다. 모두 타자의 횡포에 휘둘려 스스로 검게 얼룩지는 마음이 된다.

조금 알고 적당히 모르는 오십의 끄트머리다. 오늘의 내가 가장 버리고 싶은 것은 무엇일까. 순수하던 아홉 살 어린 양은 기억조차 까마득하고 쉰아홉 나이든 노새 한 마리 우두커니 마주 서 있다. 세상은 여전히 조금 알고 적당히 모르는 회색 물결 속이다. 가장 버리고 싶은 것은 회색으로 퇴색해버린 쉰아홉 마음이다. 버리고 싶다. 호주머니 귀퉁이 깊숙이 낀 먼지찌꺼기 뒤집어 털어내듯 없애버리고 싶다. 할 수 있다면, 쉰아홉 내 마음 탈탈 털어 멀리 가는 바람에 확 날려버리고 싶다.

사람은 아는 만큼 행동하고 행동한 만큼 안다. 무지한 사람은 타인에게 상처를 주는 행동을 하고도 무감각하다. 아무리 바탕이 선한 마음이라도, 스스로 의도치 않았다 해도 당하는 사람의 상처는 깊게 남는다. 사람은 또 보는 만큼 느끼고, 느끼는 만큼 본다. 자신이 할퀸 타인의 상처를 보지 못하거나 보고도 외면한다면 어리석고 불쌍한 사람이다. 살면서 어리석은 잘못에 빠져들지 않도록 끊임없이 배우고 생각하며 자기 자신을 돌아봐야 한다. 우리는 배워 앎으로 타인을 이해하고 존중하는 법을 익힐 수 있다. 살아가면서 스스로 겸손해하며 상대방을 배려할 줄 아는 사람은 우아하다. 그는 기품 있고 아름다운 사람이다. 우아하게 나이들고 싶다.

나이들수록 점점 아름다워지는 사람이 되고 싶다.

제3장

시적 수필,
그 영원한 화두

천천히, 그리고 다시

수필작법을 말하라니 난감하다. 글을 쓰는 일은 언제나 막막하고 써놓은 글은 항상 부족함을 느끼는데, 무엇을 어떻게 쓴다고 이야기하라니 어렵고 민망하다. 원고 마감일이 내일모레다. 몇 달 전에 받은 청탁을 지금 못 쓴다고 할 수도, 시간을 더 달라고 할 수도 없다. 부끄러운 대로 민낯을 드러내고 솔직해져본다.

앙리 카르티에 브레송. 사진에 관심이 있다면 익숙한 이름이다. 사진작가였던 그가 평생을 찾아다니며 잡으려고 했던 것은 삶의 '결정적 순간'이다. 그러나 "삶에는 어떤 결정적 순간이 있는 것이 아니고, 인생의 모든 순간이 결정적인 순간이다"라는 것을 그는 죽기 얼마 전에 깨달았다. 삶의 모든 순간이 가치 있어도 흘러보내버리면 아무런 의미가 없다. 일상에서 우리가 만나는 평범한 대상이나 어떤 사건을 카메라 렌즈가 포착하는 순간, 새로운 의미 부여나 해석을 통해 진실을 발견하게 되는, 우리 삶의 결정적 순간이 탄생한다.

나도 그처럼 삶의 결정적 순간을 찾아헤매는지도 모르겠다. 단지 세련된 신기술 카메라 대신 붓이라는 예스러운 도구를 잡고 있을 뿐이다. 오래돼 낡고 소박한 수필의 붓. 아직 한번도 제대로 된 그림을 완성해본 적 없는 듯하나 여전히 붓을 놓지 못한다. 붓 하나로 가장 그리고 싶은 그림은 일상 속 낯선 사실주의 수필이다.

실제보다 더 실제 같고, 현실보다 더 현실적인 현실이 주는 실감. 그 실감은 너무 사실적이라 아이러니하게도 우리에게 낯설게 보이고 그저 멀리 있는 타인의 현실이라 외면하고 싶어지는 현실이다. 현실감이 있어 지극히 낯선 현실은 우리를 한동안 아프게 하겠지만 삶의 진실을 깨닫게 하고 인간적인 우리로 다시 태어나게 하리라 믿는다. 지금도 낯선 현실과 실감을 향하여 결정적 순간을 기다리고 있다.

무엇을 어떻게 쓸 것인가. '무엇'은 글의 주제일 것이며 '어떻게'라는 것은 글의 전개 방식이다. 글은 작가가 말하고 싶은 주제가 분명하고 주제를 받쳐주기 위한 소재와 글의 단조로움을 없애는 작가 자신만의 단단한 구성이 있어야 한다. 개성 있는 주제로 잘 짜인 글은 막힘없는 물처럼 흐른다. 좋은 수필이다.

나의 수필은 언제나 창조적 영감을 기다린다. 뇌리를 스치는 번쩍임이나 가슴에 뭉클한 뜨거움이 없으면 한 줄의 문장도 쓰지 못한다. 그러기에 주제를 미리 정해 글을 청탁해오면, 부끄러운 일이지만 아예 거절할 때가 많다. 글을 위한 창조적 영감을 떠올리는 수정체는 망원 렌즈다. 일상과 살아가는 사회 전체를 멀리, 넓게 바라보기 위해 눈은 당연히 망원경이 되어야 한다.

나의 글쓰기는 망원 렌즈를 통한 세상 바라보기다. 우리가 살아가는 세상을 아주 천천히, 다시 끊임없이 바라보는 일이다. 그저 여유롭게 바라보기만 하고 기다리는 일은 지루하고 따분하지만 어느 순간 찾아오는 글의 주제와 소재, 나아가 글의 포인트가 되는 한 줄의 문장을 마주하게 된다. 글의 제목과 첫 문장을 쓰고 나면 다시 느긋이 세상을 쳐다본다. 같은 주제나 소재를 담은 글이나 자료를 가능한 한 많이 찾아보고 보편타당한 사유를 끌어올리기 위해 새로운 시간을 보낸다. 기다림이 완전히 무르익은 느낌이 오면 마지막 한 줄의 맺음말을 위해 글을 전개해나갈 때다.

문장은 담백하고 쉽게 쓰려고 한다. 낱낱이 현미경으로 들여다보듯이 구구절절 답답한 묘사는 글이 늘어지므로 피한다. 문장의 장단을 적절히 섞어 글이 실감과 리듬으로 살아 움직이도록 노력한다. 글에서 중요한 의미는 문장 속에 있는 것이 아니라 움직이는 단어와 단어, 문장과 문장 사이, 문장이 그려내는 이미지와 이미지 사이, 그 행간에 숨어 있어야 한다. 작가의 의도가 무엇이든 행간의 의미를 읽는 것은 독자의 몫이다. 독자에 따라 글의 의미는 무한 확대해석될 수도, 편협한 사견이 될 수도 있기에 작가는 독자를 위해 오로지 열린 결말을 추구할 뿐이다. 열린 해석을 주는 마지막 한 문장은 첫 문장이 올 때와 같다. 천천히 다시 또 기다려야 한다.

작가는 독자를 낯설게 하는 사람이다. 작가는 다른 사람이 삶에서 놓치거나 보지 못하는 한순간을 잡아내는 눈과 너무 익숙하여 실감하지 못하는 일상을 바라보고 결정적 순간을 그려내는 붓을 가진 사람이어야 한다. 나의 수필은 나만의 렌즈와 붓으로 우리의 일상을 더 낯설게 하려고 애쓴다. 오늘도 낯선 현실을 찾아 길을 나선다.

그것은 세상과 삶을 마냥 바라보는, 천천히 그리고 다시 바라보는 일이다.

놓쳐버린, 그 무엇

십일월의 어느 날이었어.

단풍나무 잎새들이 수북이 땅에 떨어져 뒹굴고 있던 기억이
나. 겨울로 가는 길목의 쓸쓸함을 지울 길 없어 고른 영화 한
편이 가을의 뒷모습을 더 외롭게 만들었지.

영화가 끝났을 때 한참을 멍하니 앉아 있다가 글을 쓰고 싶
었어. 아니 글을 써야만 될 것 같았지. 영화에 대해서 할 말이
많을 것 같았고 주인공 역의 리버 피닉스에 대해서도 좀 더 알
고 싶어서 그의 다른 영화도 보길 원했어. 사실은, 영화에서 나
를 가장 끌어당긴 건 두 주인공 리버 피닉스, 키아누 리브스도
아닌 알 수 없는, 그 무엇이었지.

영화 〈아이다호My Own Private Idaho〉. 리버 피닉스의 이 작품
은 그를 기리는 최고의 영화로 팬들의 가슴에 아직도 여운을
남긴다고 해. 약물중독에 빠진 채 방황과 불안, 혼돈의 시기를

보내는 영화 속 주인공 마이크의 모습에는 23살의 나이로 갑작스러운 죽음을 맞은 배우 리버 피닉스의 모습이 고스란히 담겨 있기 때문이지.

황량한 아이다호 벌판에는 끝없는 길이 뻗어 있어. 길 위에 쓰러져 있는 마이크, 친구 스콧과 헤어져 어머니의 품과 같은 자신의 안식처를 찾아 떠나왔지만, 좌절감과 고독으로, 길 위에 다시 쓰러졌지. 외로운 그의 여정에 가슴시린 공허함만 더해지는 장면이야.

시간이 흐르면서 쓰러져 있는 그의 신발과 가방을 훔쳐가는 매정한 사람이 지나가고, 또 시간이 흘러 그를 차에 태우는 사람을 만나게 돼. 마이크에게 새로운 길이 열리는 것인지, 아이다호의 끝이 없는 길이 화면 가득 멀어졌다가 다가오고 있었어. 리버 피닉스의 생애 마지막을 불사르는 혼신의 연기는 자연스럽게 가슴을 파고들어 기억 속에 오래 남았지.

영화에 나오는 그 무엇, 내 마음에 쏙 들어온 무엇이 말이야. 요절한 천재 배우가 연기했던 기면발작증이란 놈이었어. 기면증은 긴장하거나 정신적으로 혼란스러우면 기절해버리거나 잠에 빠지는 발작 증세를 일으키는 병이지. 그때 기면발작증을 소재로 글을 써야겠다고 메모하고, 생각에 생각을 더했는데 말이야. 삶이란 예측불허라 계획대로 흘러가지 않고 글이란 필력의 한계로 마음대로 풀어지지 않더라는 말이지.

사는 것이 무겁고 답답한 어느 순간, 글을 쓰는 일이 어렵고 막막한 어느 순간, 삶이 참으로 지루하게 다가오는 어느 순간, 그냥 눈을 감고 모든 것을 놓아버릴 수 있다면, 아무것도 모른 채 잠에 빠질 수 있다면 얼마나 편안하겠어. 잠에서 깨어나면 끊어진 기억은 다시 연결되고 막혔던 문장은 다시 이어질지도 모르잖아.

잠시 꿈꾸었지. 그런데 말이야. 자세히 보면 영화는 플롯을 따라가지 않는다는 거지. 기면증을 앓고 있는 마이크의 기억은 끊어졌다가 연결되고 다시 끊어지기 때문에 사건들은 개연성 없이 단절된 에피소드들의 연결일 수밖에 없다는 말이야.

허허, 오리무중! 현실도피의 방편으로 잠시나마 기면증에 기대어볼 심산은 산산이 흩어지고 말았어.

당연히 한동안 '기면발작증'이란 소재를 덮어두고 있었는데, 아뿔싸, 누군가 먼저 글을 발표해버린 거야. 수필 잡지『에세이스트』에 발표된 한 작가의 기면증에 대한 글은 당당했어. 자신의 의지를 밀고 나가는 필력과 짜임새 있는 구성을 자랑하며, 기면증은 세상에 환하게 얼굴을 내밀어버린 거지. 나는, 콰당 앞으로 엎어져 그만 잠들어버리고 싶었어. 나태함으로 철저히 무장된 삶이 지루하고 천착이 없는 글이 비루하고…. 어쩔 수 없이 남루한 넋두리나 말장난을 늘어놓는 신세가 돼버린 나는 패배자란 말이지. 나는 왜 그놈을 끝까지 붙들고 늘어지지 못했을까.

　놓쳐버린, 내가 놓쳐버린 그 무엇은 과연 어디에 쓰러져 있을까.

끈과 버팀목

수필을 쓰는 사람은 예술가다.

존 워너커에 따르면 작가는 예술가다. 그는 저자와 작가의 가치를 구분해 누구나 책을 내면 저자가 될 수 있지만, 작가로 불릴 수는 없단다. 저자는 그 사람이 하는 일, 글을 쓰는 행위를 말하고 작가는 자기 자신을 쥐어짜 글을 쓰는 사람, 그 사람을 정의한다. 그의 가치 기준에 따르면 수필을 쓰는 사람은 작가다. 수필가는 예술가다.

수필을 쓴다. 글을 쓰기 위해, 오로지 나 자신이 되어 살아가는 모든 것에 관심을 두려 노력한다. 한 편의 수필을 위해 자신을 비틀어 몸부림을 치다 뼛속까지 후벼파 묶여 있던 글의 실마리를 풀어내려 애쓴다. 자칭 예술가라 하기에는 이름 없는 글쟁이라 쑥스럽고 부족한 점이 있지만, 분명 나는 수필을 쓰는 작가다.

수필은 나를 작가로 살게 한다. 다양한 시간의 변주 속에서 과작寡作이라도 멈추어지지 않은 수필쓰기는 여전히 작가라는 이름으로 살아가게 만든다. 수필은 작가로 버틸 수 있게 하는 힘의 원천이다. 중심을 놓치지 않고 붙들 수 있도록 잡아주는 버팀목과 그 버팀목에 꽁꽁 묶어주는 끈이 있어 나는 아직 살아 있다. 지금, 이 순간도 수필의 끈과 버팀목에 의지해 글을 쓰며 작가로 산다.

내 수필의 큰 버팀목은『현대수필』이다. 또 하나의 버팀목은 현대수필문인회다. 멀리 떠나와 외국에서 살아가는 동안 쌓인 시간과 공간의 벽을 넘어 나를 잡아주는 튼튼한 기둥이다. 버팀목엔 항상 자신의 그늘에 자리를 내어주고 울타리가 되어주는 부드럽고 따뜻한 손길이 있다. 언제나 수필의 끈이 되어 등을 두드리며 글쓰기를 북돋우고 버팀목에 단단히 매어주는 정겨운 손길이다.

끈과 버팀목은 변치 않고 함께하는 사람이다.『현대수필』에서 만난 선배와 후배, 동기 문우이며 현대수필문인회로 맺어진 인연이다. 우리는 수필의 길을 함께 가꾸어가는 선후배이면서 동시에 서로를 당겨주고 밀어주는 문학도반으로서 서로의 끈이 되고 버팀목이 된다. 수필의 끈과 버팀목은 내 문학의 끈과 버팀목이다. 모두 나의 문학에 튼튼한 버팀목을 세워주고 동아

줄 같은 끈을 묶어주는 사람이다. 그 중심에 떡 버티고 우리를 두루 어우르는 사람은 수필의 거목, 운정雲停 선생님이다.

선생님은 내 수필의 스승이며 아버지다. 울퉁불퉁 흔들리던 문학의 길을 수필의 길로 다듬어 이끌어주고, 늘 그 자리에서 말없이 지켜주고 계신다. 첫 수필집을 내고 난 뒤 긴 시간이 지나갔지만, 아직 두 번째 수필집을 출간하지 못한 채 어영부영 시간을 흘려보내고 있다. 어느 해 가을, 수필집이 아닌 시집을 들고 찾아뵀을 때도 선생님은 누구보다 기뻐해주고 축하해주셨다. 선생님의 큰 사랑에 못미치는 글쓰기는 언제나 부끄럽고 죄스럽기 그지없다.

선생님은 가장 단단한 끈과 버팀목으로 문학의 바탕이 되어주신다. 다짐한다. 이 글을 쓰며 선생님과 나 자신에게 약속한다. 오래 기다리지 않아 제2 수필집을 세상에 내놓을 것을 꿈꾼다. 부족하면 부족한 대로 나의 얼굴이고 내 글쓰기의 역사다. 욕심은 버려야 하리. 처음보다 더 나은 작품집을 꿈꾸며 자꾸 미루어두었던 발걸음을 이제는 내딛고 걸어가야 할 때다.

나는 작가다. 작가로서 글을 쓰며 살겠다면, 작가로 살아남겠다면 써놓은 글을 정리하고 묶어내는 일도 거쳐가야 할 숙제다. 작품을 묶어내는 일이야말로 작가의 글쓰기가 한 단계 나아가는 과정이 아니던가. 멀지 않은 어느 날 새 작품집을 들고 다시 찾아뵐 그때, 여전히 소년 같은 어설픈 미소를 띠고 계실

선생님을 떠올려본다. 수필을 쓰는 우리 모두에게 수필의 끈이
며 버팀목인 선생님. 예술가를 꿈꾸는 우리 문학의 바탕이 단
단히 여물도록 오래오래 지켜봐주시기를 빈다.

영원한 수필의 끈, 수필의 버팀목인 선생님께 안부의 글을
올린다.

마지막 기회

12월이다. 한 장의 달력이 한 해의 마지막 출발을 알린다. 지나온 시간과 사연을 등 뒤로 넘겨 꾹꾹 눌러놓고 창백한 표정으로 앉은 너를 본다. 지금은 보낸 한 해의 흐름을 읽고 오는 해를 전망하며 계획을 세울 때, 송구영신의 마음을 가질 때다.

요즘 TV 예능 방송은 음악 오디션 프로그램이 많다. 꿈을 가진 누군가 기회를 잡는 순간순간들에 그의 노력과 진정성을 느낄 수 있어 즐겨보는 방송이다. 어린 참가자들 혹은 나이가 있는 참가자들 모두 꿈을 이루기 위해 진심과 성의를 다하는 모습을 지켜보는 일은 은근히 우리의 삶을 돌아보게 하는 힘이 있다.

음악 오디션 방송은 수준급 심사위원이 있어 더 빛이 난다. 오디션 프로그램을 즐겨보는 큰 이유가 폐부를 찌르는 한마디,

받아들이면 피가 되고 살이 되는 심사위원의 심사평을 듣는 재미에 있다. 흔히 한 가지 일에 도가 통하면 세상 모든 일에 도가 통한다고 한다. 자기 분야에서 최고에 올라간 사람은 남다른 아우라Aura가 있다. 그들은 아무도 흉내낼 수 없는 특별한 분위기로 방송을 실감나고 흥미롭게 이끌어가는 재주꾼이다.

매번 심사위원은 참가자에게 말한다. 요즘 가요계의 흐름은 그냥 입으로만 노래하는 가수가 아니라 자기만의 독특한 색깔과 표현으로 본인의 얘기를 하듯 노래를 부르는 진정한 예술가를 찾는다. 뭔가 새로운 것으로 관심을 끌어내라고 강조한다. 빠르게 바뀌는 세상 속에서 사람들은 자꾸만 새로운 것을 찾게 되는데 하늘 아래 새로운 것은 없다. 새로운 것이 아니라 조금씩 다를 뿐이다. 그들은 다르므로 새롭게 느끼고 관심을 두게 되는 개성과 실력, 무한한 가능성이 있는 참가자를 늘 찾는다.

시즌 때마다 그들이 돌아가면서 던지는 심사평 앞에 알몸뚱이 참가자로 선 나는 나태해진 일상을 깨우는 서릿발 돋는 채찍을 맞고 알토란 같은 당근을 받아먹는다. 시즌 첫 방송에서 몇 년 만에 재도전한 나이든 참가자를 위한 조언이 오래 남는다. 꿈이 있는 것이 중요한 게 아니라 자신의 꿈을 위해 하루하루 어떻게 사느냐가 중요하다는 건 누구나 알고 있지만, 꾸준히 노력하며 실천하기는 쉽지 않다. 그의 마지막 기회는 나에게 어떤 의미로 다가올지, 오디션 전체를 빨리 관통하고 싶은 마음이다.

모든 세상의 이치는 하나로 통한다. 문학과 삶도 마찬가지다. 글을 쓰는 사람은 하루하루의 삶을 어떻게 보내느냐에 따라 글의 깊이와 무게가 다르게 표현된다. 한 장 남은 달력을 앞에 두고 한 해를 돌아보니 문학과 삶, 둘 다 한 발짝도 앞으로 나아가지 못한 제자리걸음이다. 올해도 지나간 5년, 10년처럼 허송세월했다. 너무 오랜 시간을 헛되이 살았다고 생각하니 세찬 바람이 쓸고 간 듯 가슴이 휑하다. 더 이상 생각 없는 허세에 매달려 세월을 낭비할 수는 없다.

모두가 묵은 일상을 버리고 새로운 앞날을 꿈꾸는 12월. 나도 비루한 삶과 문학의 전환점을 찍고 새롭게 시작할 시간이다. 지금이 마지막 기회다.

12월이 달아나기 전에 텅 빈 가슴을 열고 한 그루 나무를 심어야 한다. 해가 바뀌어 다시 봄이 오면 잎이 자라고 꽃이 피고 알찬 열매를 맺을 튼실한 나무를 심어야 한다. 하루하루의 성실한 노력이 뿌리가 되면 언젠가 나무에 아름다운 꽃이 필 것이다. 그 꽃은 단지 손으로만 피우는 글이 아니라 가슴으로 아니 뼛속까지 들어가 온몸으로 건져올리는 나만의 표현과 색깔을 가진 글꽃이다.

문학의 길 끝에 피는 진실한 문장文章과 고유한 시어詩語의 꽃!

너를 채우는 사랑

나를 버리고 너를 채운다는 것은

비로소 하나가 되는 아픔이려니

곧은길이 사라진 끝에 남는 허공처럼

푸른 물이 다 끓어오른 경계의 빈자리처럼

수없이 만나온 이별에도 느끼지 못했던

비틀거리는 아픔이려니

만만연년 녹지 못한 나를 버리고

세세연년 얼지도 못한 나를 버리고

마침내 하나된 우주를 만난다

— 시 「설평선」 전문

당신이 문학이라는 열병을 앓는다면, 글쓰기와 당신이 관계를 맺었기 때문이지요. 우리는 세상의 한 부분입니다. 너와 나의 인간관계만이 아니라 사물이나 일, 살아가면서 만나는 모든 것들과 관계를 맺습니다. 단순한 만남의 의미를 넘어서는, 관계를 맺는 일은 서로를 마주하며 깊이 있게 바라보는 것이지요. 글쓰기도 마찬가지입니다. 글감의 중심에 깊이 들어가 바라보며 글쓰기를 해야만 비로소 글감과 당신이 관계를 맺었다고 볼 수 있고, 글쓰기와 당신이 관계를 맺었다고 말할 수 있지 않겠습니까.

만년설을 본 적이 있습니다. 빙하를 덮으며 하늘에 닿은 설평선을 보았습니다. 반사되는 햇살에 눈이 부셔 비틀거렸지만, 시간이 지나도 물러서지 않고 경계의 속으로 깊이 들어가려 안간힘을 썼습니다. 그날 우리는 새로운 관계를 맺었지요. 우리들의 관계는 아주 성공적이어서 설평선은 한 편의 시로 다가왔습니다.

자연은 우리의 스승입니다. 자연의 변화에 눈을 뜨고 살아가는 길을 배웁니다. 처음으로 만난 캐나다의 설평선을 마주하며, 나를 비우고 너를 채우는 사랑을 생각했습니다. 그 사랑은 하나가 되는 아픔이지요. 아픔의 강을 건너면 하나가 된 우주에 이릅니다. 자연의 가르침을 배우며 문학의 길을 깨닫습니다.

길은 울퉁불퉁하여 먼지가 날릴 수도 있고, 대낮에도 빛이

없는 어둠 속일지도 모릅니다. 등불이 없어도 멈추지 말아야
할 길이며 바람이 불어서 티끌이 눈을 찔러도 계속 가야 하는
길입니다. 끝없이 걸어가면 언젠가는 문학의 지평이 열리겠지
요. 아름다운 지평 위에 서면, 마침내 하나가 된 우주를 만날
것입니다. 처음 만난 설평선처럼 눈부심에 비틀거린다 해도 다
시 아픔은 없을 것입니다.

글은 우리 존재의 증명사진입니다.

우리는 허위와 가식에 물든 단단한 얼굴의 사진보다는 있는
그대로를 부드럽게 드러내는 진실한 표정을 더 좋아합니다. 작
가의 진실한 삶에서 자연스럽게 우러나오는 문학작품이 우리
가슴에 울림을 주게 되지요. 당장 한 편의 글을 잘 쓰기 위해
노력하기보다는 한순간의 삶이라도 얼마나 진실하게 몸으로
부딪치며 사느냐는 것이, 좋은 작품을 낳게 하는 밑거름이 되
리라 생각합니다.

문학작품은 작가의 삶 자체만을 보여주는 것으로 그쳐서는
안 됩니다. 작가의 삶이 녹아 있다고 해서 모두 살아 있는 작
품이 되는 것은 아니지요. 작가는 자기의 삶에서 타인의 삶을
보고, 나아가 타인의 삶에서 자신의 삶을 반추할 수 있어야 합
니다.

글은 타인의 삶에서 자신의 삶을 보는 거울입니다. 따라서
작가는 자신의 내면을 바닥이 보일 때까지 성찰하지 않으면 안

됩니다. 오랫동안 생각을 다듬고 엄격한 언어의 선택과 천착으로 자신이 흘린 피를 누군가의 심장을 통하여 다시 흐르게 해야 합니다. 잃어버린 길을 찾게 하고 끊어진 길을 다시 잇는 힘은 작품이 가지는 문학성입니다. 문학성이 있는 작품을 위하여 작가는 끝없이 자신을 들여다보면서 자기 자신을 하나의 세계로 가꾸어 나갈 줄 알아야 하며, 자기 안에 깊이 들어앉은 자기 자신을 바깥으로 내보내고 바깥 세계를 자기 안에 담을 줄도 알아야 합니다.

나는 세상의 한 부분입니다. 세상의 모든 관계 중에서 나의 특별한 만남은 글쓰기와 관계를 맺은 일입니다. 내가 글을 쓰는 것은 우리의 세상을 더 많이 알고 싶은 이유입니다. 나로부터 우리의 세상을 엽니다. 나의 문학은 나로부터 너에게로 가는 길 위에 있습니다. 나에 대한 이해는 너에게 가는 지름길이 됩니다. 그것은 세상에 대한 이해이며 드넓은 우주에 대한 갈망이지요. 내가 바라보는 우주는 문학입니다.

문학은 나를 버리고 너를 채우는 사랑입니다.

변명, 나를 위한

묵은 책『나의 시詩, 나의 시학詩學』을 펴고 접어놓은 신경림 부분을 다시 읽는다. 그의 시 9편에 관한 이야기는 시인의 삶에 관한 이야기다. 시인의 참된 삶이 곧 그 시인의 시다. 시뿐만 아니라 모든 글이 다 마찬가지다. 깨어 있는 삶은 작가의 살아 있는 글이 된다. 누렇게 바랜 책장을 넘기며 내 삶을 돌이켜본다.

가장 오랜 기억은 경주 산골 마을의 추억이다.

걸어서 재를 넘고 강을 건너면 아담한 분지 안에 교사校舍와 나란히 앉은 사택이 마중을 나온다. 모두 방 한 칸에 부엌을 달아놓은 토담집이다. 어스름 저물녘이면 운동장 한쪽에 있던 공동 우물 담벼락을 두들겨대던 할아버지, 정신이 이상한 그를 아이들은 '고함치는 할아버지'라 불렀다. 점심때마다 강냉이죽을 끓여 머리에 이고 나르던 어머니들의 따뜻했던 얼굴이 잊히지 않고, 남쪽 산기슭에서 여름 내내 들려오던 남포 터뜨리는 소리는 아직도 귓가에 맴돈다. 세월이 흐른 지금도 그 산골 마을의 기억은 살아 숨쉬는 한 폭 그림이다.

산동네 외갓집 추억도 오래된 기억이다.

외할머니를 유독 따르던 나는 방학 때마다 읍내 고향집을 떠나 외갓집에서 지냈다. 자식은 모두 대처로 나가고 없는데 홀시아버지를 모시던 외할머니. 상투를 틀고 갓을 쓰고 다니시던 상할배의 방이 어느 날 빈소殯所로 바뀌고, 아침저녁 넓은 마당을 가로지르며 상을 나르던 할머니의 수숫대처럼 깡마른 뒷모습이 생각난다. 상할배 방 옆방은 면장직을 지내셨던 외할아버지의 사랑방이다. 한 달여 방학 동안 할아버지를 뵐 수 있는 날은 이삼 일이 고작인데 그것도 운이 좋을 때만이다. 할아버지는 소위 한량이었다. 할아버지가 많은 날들을 집 밖에서 무슨 일을 하는지 할머니는 전혀 관심 없어 보였지만, 사랑방은 늘 정갈하게 손을 보고 방문 앞 아궁이에 매일 쇠죽을 끓이셨다.

사랑채 할아버지 방문은 외짝 여닫이다. 문은 신비스러움으로 나를 끌어들여 살며시 열고 방안을 살펴보게 했다. 작은 방 한쪽 벽면 가득 쌓인 책들에선 매캐한 냄새가 때 묻은 시간처럼 흘렀다. 앉은뱅이책상 위에 놓인 잡지와 신문뭉치들, 바로 뜯지 않아 노란 갱지 띠를 두른 새 신문도 있었다. 할아버지는 너무 멀리 있는 존재 같았고, 할아버지의 그림자만 보는 듯한 할머니에게 끝없는 연민을 느꼈다.

나의 할머니, 긴 세월 얼마나 많은 눈물을 삼켰을까. 어느 여름 할머니가 독사에 발등을 물려서 죽을 고비를 넘길 때 쑥찜질을 많이 도왔던 기억이 있다. 가마솥에 울콩을 넣어 지은 꽁보리밥, 아궁이 숯불더미에서 끓인 된장국, 겨울날 항아리 속에서 끄집어낸 홍시, 삭힌 고욤을 먹으며 할머니와 민화투를 치던 많은 기억이 난다. 대청마루에 앉아 바라보던 먼 산의 풍경과 할머니의 무궁무진한 옛날이야기 속에서 미지의 세계를 꿈꾸던 그날들이 할머니에겐 혼자 울음을 삼키던 시간이었음을 안다.

어느 가을날 할아버지는 당신의 방에서 세상을 버렸다. 많던 전답과 임야를 모두 남의 손에 넘기고 어쩔 수 없이 마지막 선택으로 자기 죽음을 택했던 할아버지, 그림자일 뿐이던 그를 보낸 뒤 할머니는 더 굳건히 외갓집을 지켰다.

고등학교에 진학하면서 할머니를 뵈러가는 일이 점점 뜸해졌다. 할머니께서 위암으로 한 많은 세상을 떠난 다음 해 외갓집에 들렀을 때, 나를 반긴 것은 활짝 핀 조팝나무 한 그루뿐이었다. 학교를 졸업하고 결혼을 하고 아이를 낳아 키우는 각박한 생활에 빠져 모든 기억은 가슴 아련히 잠들어버린 줄 알았다. 우연히 국립수목원에서 풍성하게 피어 있는 조팝나무를 다시 만나고 깡그리 잊어버린 줄 알았던 할머니의 기억이 살아나 가슴을 찌르는 아픔으로 다가왔다.

한 편의 시를 썼다. 할머니를 잊고 살아온 죄 밑을 씻기라도 하려는 듯 안간힘을 다해 쓴 글이다. 외갓집의 기억들이 깨어난 일은 본격적으로 글을 쓰는 동기부여를 한 사건이다. 어린 날의 가장 아름답고 소중한 일을 오래 기억하고 남기고 싶다. 지금껏 내가 쓴 글의 근원적인 힘은 어린 시절에 대한 아득한 그리움이다. 앞으로 쓸 글의 바탕도 되돌아갈 수 없는 세계에 대한 동경이다.

내 안의 그리움이 생생히 살아나와 나를 깨운다. 나는 나만의 그리움을 쓴다.

초록빛 밤의 편지

당신의 마을에도 눈이 내리는지요.

눈 내리는 밤, 지난 추억이 밤하늘에 무중력으로 떠다닙니다. 몸은 마을에 있는데 정신은 초록빛 하늘을 둥둥 부유하고 있습니다. 당신은 지금 어디에 있습니까. 러시아 변방 도시 비테브스크 고향 마을인가요. 청년시대의 연인이자 반생의 반려자 벨라와 행복했던 젊은 날의 하루인가요. 아니면 세상에 드러나지 않은 당신 삶의 비밀스러운, 한 편린 속입니까.

기억은 언제나 마음의 여로 위에 놓여 있지요. 아프고 슬픈 기억이 문득 찾아와 우리를 적신다 해도 너무 아파하지 말아야 합니다. 살다보면 회상하고 싶지 않은 기억이 쌓이는 찰나를 피할 수는 없겠지요. 흐르는 시간의 모퉁이에서 마주치는 피할 수 없는 운명 같은 것, 자신의 의지로는 이겨낼 수 없는 아픔을 만나기도 합니다. 운명에 잘린 상처는 시간의 먼지로 덮어두는 것이 최선의 약이 되겠지만, 때로는 그런 기억이라도 여러 번 생각을 곱씹어야 할 사연도 있습니다. 우리의 나약한 본성 때문에 스스로 입힌 마음의 상처는 그 깊이를 가늠할 수 없는 아픔이지요. 그런 상처 하나가 자꾸 선명해지는 밤입니다.

지금, 물먹어 더욱 커다랗던 C의 두 눈을 생각합니다.

낯선 나라의 한 동네에서 만나 친구가 된 그녀. 오랜 직장 생활과 다양한 인생 경험으로 큰 언니같이 편안한 사람. 그녀는 긴 세월 결손가정을 지키는 어려움 속에서도 항상 다른 사람을 배려하며 밝은 표정을 잃지 않았습니다. 어느 날 우리는 동네 상가에 있는 팝에 갔지요. 금요일 밤 술집은 인근 휘슬러풍 주택에서 내려온 사람들로 붐비고 있었습니다. 연인과 나누는 술잔은 사랑의 찬가로 그윽했고, 가족과 함께하는 술잔은 축배의 노래가 넘쳐흘렀지요. 그녀의 술잔은 싱글맘의 외로운 한숨만이 가득 찬다는 것을 그때서야 알았지만, 온전히 그녀를 이해할 수 없음이 안타깝기만 했습니다.

울먹이는 그녀를 데리고 밖으로 나오자, 가로등도 없는 도로는 캄캄하고 인적 끊긴 골목은 으스스한 느낌이 들었습니다. 자정이 지나버린, 낯선 이국 마을의 밤은 대범하지 못한 심성을 드러나게 했지요. 취하여 비틀거리는 그녀를 집까지 바래다주어야 했던 것을, 혼자 돌아올 길이 겁이 나서 망설였답니다.

취중에도 눈치 빠른 그녀는 혼자 가겠다고, 괜찮다고, 걱정하지 말라면서 어둠 속으로 유유히 사라졌지요. 어두운 골목길을 혼자 걸어간 그녀에게 전화 한 통으로 무사 귀가를 확인하며 할 일을 다 했다고 스스로 위안해버렸습니다.

그때 일은 생각할수록 부끄러운 기억입니다. 추억하고 싶지 않은 기억이지만 자꾸 돌이켜 생각해야 할 마음의 빚입니다. 얼마 전, 그녀가 말했습니다. 갑작스러운 어머니의 죽음 때문에, 뇌졸중 환자인 아버지를 우리가 사는 낯선 마을로 모셔온다고 합니다. 다른 형제가 있음에도, 애써 고단한 자신의 삶에 무거운 돌을 하나 더 얹는 것이지요. 그녀가 붙잡고 가는 삶의 줄기는 왜 이렇게 거친 것일까요. 언젠가 그 삶에도 그녀 자신만을 위한 새로운 사랑이 꽃피기를 간절히 희망합니다.

추억은 마음의 고향으로 들어서는 문입니다.

놓쳐버린 사랑과 잃어버린 꿈을 찾아가는 길, 추억에는 빗장이 없습니다. 누구든 자신을 향해 열린 문 앞에 서면 지난 시간의 향기가 풋풋하기를, 가슴 벅차오르는 온기를 기다리겠지요. 반추할 기억이 많은 사람은 행복한 사람입니다. 되돌아 생각하고 싶은 얘기가 많다는 것은 살아온 시간이 따스했다는 의미이지요. 창밖에 차곡차곡 내려 쌓이는 흰 눈처럼 우리 삶에도 따뜻한 추억이 많이 쌓이면 좋겠습니다. 반추하고 싶은 기억이 많은 사람이 되고 싶습니다.

이제 눈이 그쳤습니다. 눈은 세상 모든 것을 지울 듯 쌓였지요. 눈 아래 잠든 마을은 평화롭게 보입니다. 흰 눈에 기대어 나약한 본성의 상처를 씻어내면 아픔이야 잊히겠지만, 오래도록 남을 흔적 때문에 쓸쓸하겠지요. 마음의 빚으로 남은 금요일 밤을 위해 그녀에게도 편지를 씁니다.

눈이 그친 지금, 당신의 그림을 떠올립니다. 젖은 눈빛의 그녀를 생각할 때마다 당신의 그림은 저에게 위안이 되지요. 눈 내린 밤의 당신 의식이 환상적인 풍경으로 묘사된 〈초록빛 밤〉. 하늘에 떠 있는 순한 초록 동물의 눈과 부둥켜안은 연인의 모습은 가슴을 아리게 하지요.

당신은 내면의 삶에 대한 사랑과 인간에 대한 희망을 말했지요.

"우리의 삶 속에는 마치 화가의 팔레트처럼, 삶과 예술의 느낌을 주는 한 가지 색채가 있다. 그것은 바로 사랑이다."

당신을 믿습니다. 초록은 사랑의 시작을 알리는, 희망의 색깔이지요.

외로운 눈빛의 그녀에게 당신의 초록빛 밤을 보냅니다.

당신의 이름, 샤갈의 이름으로.

시적 수필, 그 영원한 화두

글쓰기가 유일한 일이라 다짐하던 때가 있었습니다.

살아 있다는 사실이 부끄럽지 않도록, 깨어 있다는 현실이 뜨겁게 다가오도록 글을 쓰고 싶어했지요. 살아가는 일이 순조롭기에 불안하였고 치열하게 조금은 무겁게 삶을 살아내고 싶었지요. 스스로 미숙한 줄 알기에, 삶이 깊어지면 글도 성숙하리라 몸살을 앓던 시절이었습니다. 그때, 꽃 피지 않는 나의 시詩를 위한 새로운 시도, '시 같은 수필'의 화두를 던져주신 분이 운정雲停 윤재천 선생님입니다. 수필의 문을 활짝 열고 등을 두드려준, 사랑이 크신 만큼 무거운 짐도 주셨지요. 시적 수필, 영원한 내 수필의 화두입니다.

세월이 흘렀습니다. 익숙한 청바지와 헌팅캡 그늘에 시들지 않는 애기꽃을 피우던 수필 문우와 선후배, 모두 그리운 얼굴입니다. 강산이 변하고도 남을 세월은 그때의 문우들이 모두 수필가로서 쟁쟁한 면모를 갖추게 했지요. 여기저기 눈에 띄는 이름을 만날 땐 참으로 행복합니다. 반면 선생님의 기대를 받고 있다고 자부하던 이름 석 자는 옛사랑의 그림자처럼 희미할 뿐입니다.

캐나다를 왕래하던 온 가족이 밴쿠버에 새 둥지를 틀었습니다. 문학동네에서 멀어진 것과 더불어 낯선 땅에 길들기에 급급하여 글쓰는 일은 그만 뒤로 밀려났지요. 게으름과 역량 부족인 것을, 부끄럽게도 변명은 늘 달콤한 위안을 줍니다. 절필 아닌 절필의 시간이 길게 흘러갔지요. 다만 문학 외적으로 보낸 시간도 언젠가는 문학의 밑거름이 되리라 믿었습니다.

밴쿠버에서의 몇 년은 영어를 위한 시간이었습니다. 기초부터 시작한 영어를 대학 레벨까지 끌어올리느라 엄청나게 스트레스받았지요. 쉽게 발전하지 않는 말하기 때문에 영어 공부에 대한 회의로 지금은 잠시 쉬는 중입니다. 아카데믹 글쓰기 위주의 공부가 과연 필요한지 의문도 들었지요. 비록 아카데믹 에세이라도 영어 에세이와 우리말 수필쓰기를 비교하며 흥미를 느낄 때도 있었습니다. 진지하게, 영어로 글을 쓰고 싶다는 어설픈 욕망도 가져보았습니다. 현실과는 달리 영어 공부에 대한 욕구는 문학의 걸림돌일지도 모릅니다.

욕심이 많으면 쉽게 지치는 법이지요. 예전에 어설프게 시인의 이름을 달아놓고 낭비한 시간을 보상받으려 다시 수필가를 꿈꾸었지요. 수필가를 꿈꾸는 도중 시인의 꿈이 다시 살아났습니다. 그러다보니 시문학도 수필문학도 모두 함께하기가 어려웠지요.

지금의 현실과 다르지 않습니다. 영어 공부도 하고 싶고 먼지 앉은 붓을 털어내며 글도 쓰고 싶습니다. 둘을 위한 둘이 아니라 하나를 위한 하나를 선택해야 하는 일은 어렵지요. 하나를 버려야 온전한 하나를 이룰 수 있다는 것을 압니다. 수필의 붓을 주장하셨던 선생님의 가르침이지요.

수필 등단 당시 숨겨진 이야기가 있습니다. 이름있는 문학지에 재등단을 위해 시 작품을 보낸 며칠 뒤, 선생님께서 부르셔서 수필 등단 추천을 하셨습니다. 오직 수필을 위해 평생을 걸어오신 선생님께 어쩔 수 없이 시 등단 추천에 대해 언급하였지요.

선생님께서는 "시인으로서 수필을 쓰지 말고, 수필가로서 시를 써라"라고 강하게 말씀하셨지요. 그렇지만 나의 시적인 재능을 인정하고, 수필에 시의 장점을 접목하는 새로운 아이디어를 내놓으셨습니다. 시도 쓰고 수필도 쓰는 것이 아니라 수필을 위한 시를 모색하는 것이었지요. 바로 시 같은 수필의 탄생 계기입니다.

시 같은 수필을 쓰고 싶었습니다. 짧은 수필 습작 기간에 등단하였고, 본디 과작寡作의 습관을 지닌 사람이기에 꿈은 쉽게 이루어지지 않았지요. 첫 수필집은 시 같은 수필집이 아니라 시가 있는 수필집에 만족해야 했지요. 첫 수필집『복사꽃 그늘에 들다』를 출판한 뒤 나름 몇 편의 시 같은 수필을 썼지요. 시적인 리듬과 이미지를 수필적인 묘사와 서술에 얹어 전달하려 노력했던 기억이 납니다. 나만의 시적인 수필의 세계는 미완성인 채 세월이 흘렀고 다시 출발선에 돌아와 서 있습니다.

이제, 밴쿠버에서 캐나다 한국문인협회 회원으로 활동합니다.『현대수필』등단에 연이어 첫 수필집을 출판하고 한국문인협회 가입 등 문학동네에서 남긴 몇 흔적은 선생님의 당근과 채찍의 결과입니다. 선생님의 제자로서 부끄럽지 않도록 여기 문학동네의 삶을 가꾸어야 함을 알고 있습니다. 나태한 글쓰기로 거칠어진 글방의 마루에 윤을 내는 일이 쉽지 않겠지만, 다시금 내 수필의 화두를 떠올리며 건필을 희망해봅니다.

퓨전의 시대, 어울림과 조화의 멋은 근본을 잃지 않는 것이지요. 수필은 어떠한 사실이나 체험한 이야기를 바탕으로 삶의 의미나 가치를 찾아야 합니다. 시는 압축된 상징이나 비유로 의미를 전달해야 합니다. 시적인 수필이란 진실한 이야기를 함축하여 시적인 리듬과 이미지를 살리면서도 산문의 어법을 놓쳐서는 안 되지요. 말은 가벼우나 시적인 수필 한 편의 탈고는

참으로 쉽지 않습니다. 시 같은 수필을 밝힐 등불의 심지, 선생
님께서 나에게 주신 고귀한 선물이지요.

시적 수필, 내 문학의 영원한 화두입니다.

비너스의 서랍을 열고

그 관능의 힘으로 당신의 권위를 자르렵니다.

"Think Difference!" 당신이 보낸 편지 한 장을 읽습니다. 이제, 당신이 떠날 날이 머지않았기에 마음이 분주합니다. 구월이 오기 전에 한 번 더 당신을 만나야 하겠지요. 오늘은 폭염을 뚫고 한 줄기 소나기가 내렸습니다. 우리를 흠뻑 적셔놓고 달아난 소나기처럼 당신도 어느 순간 이곳을 떠나겠지요.

설레는 마음을 숨기고, 저벅저벅 당신을 만나러 걸어갔지요. 당신이 쏟아내는 열기는 대단했습니다. 여름날의 정염을 삭이며 서 있는 당신의 유리 점토 〈서랍이 달린 비너스〉 앞에서 발길을 멈추었지요. 영묘한 색으로 빛나는 그녀의 몸은 가히 황홀했습니다. 초현실적인 상상의 공간, 비너스의 몸을 누비다가 그만, 길을 잃었습니다.

한순간, 멈춰 섰던 시계는 다시 움직였는데 그녀의 몸 구석구석 존재하는 서랍에는 아무것도 숨겨져 있지 않았습니다. 긴 서랍들이 관통된 또 다른 비너스의 몸, 그녀의 몸을 관통하는 서랍들은 활짝 열려 있었지요. 자신의 비밀이 훤히 보일 수 있도록 모든 걸 드러내고 서 있는 비너스, 자유로운 그녀의 몸은 눈이 부시도록 아름다웠습니다.

밀로의 비너스에 서랍을 달고, 서랍을 모두 열어놓은 당신.

서랍의 존재는 숨겨진 여성의 관능성이라 했지요. 열린 서랍은 닫힌 공간에 대한 호기심과 두려움을 함께 벗어나고 싶은, 당신 욕망을 해소하는 방법인가요. 그래요, 알겠어요. 당신의 위대한 상상력의 뿌리를. 당신으로 하여 비너스는 세속적이면서도 당당한, 영원히 아름다운 여인으로 새롭게 태어났습니다. 당신이 비너스의 서랍을 열었으니, 나는 그 서랍의 힘으로 당신의 수염을 자르겠어요. 살바도르.

달리, 당신이 보낸 편지 한 장을 읽고 읽습니다. 나는, 한 번 더 당신을 만나러 가려합니다. 당신에게 묻고 싶습니다. 작고 통통한, 이 몸에도 서랍이 있는지 알고 싶습니다. 아무도 궁금해하지 않는, 아무도 두려워하지 않는 나의 서랍. 아무도 모르는 내 비너스의 서랍을 활짝 열고,

당신의 콧수염, 그 권위를 자르겠습니다. 삭둑.

벨카라[*] 선창에서

바닷가 선창에 서 있습니다.

울음 없는 이별 편지를 선창 난간에 새겨놓고, 군청색 ultramarine 바다 너머 저쪽으로 가려합니다. 나뭇잎이 바람에 살강대듯 얇은 옷깃이 펄럭거릴 때, 난간 위에 피같이 붉던 장미꽃 한 송이 툭 떨어져 내립니다. 소리 없이 파도는 밀려갔다가 다시 밀려오고, 파도에 깃을 씻은 갈매기는 건조한 편지 속말들을 다 쫄 듯합니다.

이제, 날개를 펴던 새는 모두 집으로 돌아갔습니다. 허공의 쓸쓸함을 지우며 십자가 하나가 불을 밝히자, 하나둘 별이 떠오르며 깨어 있는 온갖 근심과 걱정을 밤바다에 묻어버립니다. 시간이 깊어질수록 푸르른 밤하늘. 밤의 깊은 소용돌이 속에서도 빛나는 별은 여전히 살아 움직이는 태고의 생명으로 신비롭기 그지없습니다.

별이 찬란한 밤. 꿈과 이상, 사랑과 영혼, 평화와 안식, 영원한 삶의 의미를 생각하며 원인 모를 그리움에 젖어 하늘을 바라봅니다. 오랜 기다림 끝에 오는 필연의 환상처럼 무게와 깊이를 알 수 없는 여름날의 밤하늘입니다.

뚜벅뚜벅, 어느새 검푸른 바다 저 너머로 걸어가고 있습니다.

* 벨카라Belcarra : 광역 밴쿠버 버라드 만灣 한쪽에 있는 바닷가 마을.

건널목

신호등이 붉은 눈을 부릅뜨고 있다.

차는 보이지 않는다. 사람들은 아무런 망설임도 없이 발걸음을 옮긴다. 한 무리 사람이 양쪽 차도를 다 건너갈 때쯤 붉은 눈알이 신호를 보낸다. 끔뻑끔뻑, 어서 건널목을 건너오라고 한다. 건널목 저쪽으로 다 넘어간 사람들 뿔뿔이 제 갈 길로 흩어져 가고, 아직 이쪽에 남아 있는 다른 사람은 없다. 매번 혼자 서 있는 것이 부끄러운 한편 떳떳하다. 붉은 신호등 앞에 서면.

불안하다. 에메랄드빛 편안한 신호등이 아니면 한 발짝도 움직일 수 없다. 무심코 한 발이라도 움직이면 어디선가 자동차가 나타날 것만 같고 사정없이 달려오는 자동차 때문에 그 자리에서 숨이 멎을지도 모른다. 기다려야 한다. 불안에 떠는 얼굴 위로 준법정신 투철한 시민의 얼굴을 당당히 내걸면서 기다려야만 한다.

도대체, 붉은 눈은 사라지지 않는다. 한 남자가 건널목 위를 뛰어간다. 그 사람이 저쪽 건너편에 다 닿을 때 그때까지 시간은 멈춘 것일까. 세상 사람들이 보이지 않는 손가락을 칼끝처럼 세우고 나를 향해 마구 찌르며 하하 웃는다. 그냥 뛰어가버릴까, 세상 밖에 서 있는 나는 인내력이 약하다. 에라! 모르겠다. 한 발을 냅다 옮겨놓자마자, 튀어나온 자동차가 끼익 빵빵, 웅크린 가슴에 붉은 눈알이 수수 떨어진다.

신호등이 에메랄드빛 찬란하다. 지금은 거리낌 없이 건너갈 때다. 조금 전 가슴에 떨어진 붉은 눈알이 뜨거워 멈칫멈칫 좌우를 살핀다. 매 순간 동화의 환상 속이거나 현실의 나락 속에서 미친 자동차라도 한 대 튀어나올까, 눈치를 본다. 붉은 눈알이 순간 불쑥 발목을 잡을까, 뒤뚱거리다보니 그새 푸른 눈알마저 바뀌어 노랗게 번쩍번쩍.

건널목은 세상의 관문이다. 건널목은 나의 섬에서 사람들의 섬으로 건너가는 바다다. 끝없이 노를 저어야 하고 매일 반복해 가야 하지만 건널목을 오가는 일은 항상 낯설고 생경하다. 마주 보면 사람들의 섬은 아득하고 돌아서면 나의 섬은 보이지 않는다. 바다는 깊고 넓고, 세상의 관문은 굳건하다. 도도한 삶의 결을 부감俯瞰할 수 있는 점은 어디일까.

건널목은, 다시 붉은 신호등이다.

훔[*]

관세음보살을 부르는 '옴마니반메훔'을 독송한다.

여섯 가지 파스텔 색조 물감으로 산스크리트어 가로쓰기를 하여 예쁘게 표구를 한 육자진언 액자를 거실에 걸어놓고 틈날 때마다 외우고 외운다.

낯선 이국땅에서 연을 맺은 큰 스님으로부터 불명 '유심화唯心化'를 받은 지 어언 20년에 가깝다. 유심唯心이란 무엇인가. 모든 사물은 그것을 인식하는 마음에서 비롯되며 마음의 표현이 궁극의 실재가 되어 나타난다는 의미다. 유심화는 늘 마음을 다스리며 살아가라는 스님의 깊은 뜻이 담긴 이름이다.

이름에 부응하지 못하는 쑥스럽고 민망한 일상이 오고 간다. 육십갑자를 한 바퀴 돌아온 나이에도 맞닥뜨리는 크고 작은 일이 매번 마음을 흔들어놓는다. 마음의 그릇이 좁고 깊을수록 상처의 정도를 가늠하기는 어렵다. 잔뜩 멍이 든 생각들로 며칠 밤을 새우기도 하고 괜히 가까이 있는 사람을 함부로 탓하며 비난해댄다.

고향 방문길에 찾아뵌 큰 스님은 느긋한 표정으로 말씀하셨다.

옴마니반메훔을 지극정성으로 외우면 관세음보살의 자비로 온갖 번뇌와 죄악이 소멸하고 무량한 지혜와 공덕을 얻는다. 육자진언은 연민과 지혜의 상징이다. 진언은 마음을 정화하며 자신뿐만 아니라 고통에서 벗어나려는 모든 존재의 행복을 위한 바람이다. 조용히 읊조리기만 해도 마음의 치유와 내면의 평화를 찾는 깨달음에 이른다.

며칠 전 꿈에 큰 스님을 뵀다. 세랍 구순을 넘기신 노구로 고향 산사로 돌아가신 스님. 마음속 태산목 한 그루 같은 큰 스님의 노환이 걱정되어 사나흘 마음이 어지러웠는데, 오늘 큰 스님께서 입적하셨다는 소식이 날아왔다.

육자진언이 온 벽면을 가득 채우도록 읊고, 명상하는 하루다.

＊훔HUM : 부처님께 감사와 귀의를 다짐하는 소리이며 진언을 마무리하는 근본 음.

제4장

아포리즘 수필

66 수필은
지나온 역에서 날아든 화살이며
덜컹덜컹 오늘의 바퀴를 굴리는 사랑이며
내일의 역으로 달아나는 꿈 같은,
수필은 기적 소리다. 99

1월, 해오름달

다가오는 것의 의미는 무엇일까?

날이 좋아 바닷가를 걷는다. 볕은 따스하고 바람은 적당해 밖으로 나온 사람들의 옷매무새가 느슨하다. 반려견과 느린 걸음을 즐기거나 이어폰을 끼고 음악과 함께 달리는 낯선 얼굴을 내탐하기엔 겨울 해가 너무 짧다. 햇살은 어느새 이울어 떼를 지어 노닐던 물새는 다 사라지고 텅 빈 갯벌에 조금씩 물이 찬다.

그사이 여미지 않은 옷깃을 헤치고 바람이 파고든다. 바다로부터 오는 바람 속에는 밀물과 썰물이 주고받은 내밀한 사연이 숨어 있다. 쓸려갔던 물은 그대로 밀려오지 않고 밀려왔던 물은 또 다른 사연을 품고 사라져간다.

다가오는 것이 있으면 지나가는 것도 있다. 지난해는 가고 새해가 온다. 계절이 흐르고 있는 지금, 바다 저 너머 어디쯤

봄이 오고 있다는 건 누구나 가늠할 수 있지만 흐르는 시간이 자신에게 가져올 변화는 아무도 미리 알 수 없다. 그냥 삶에 대한 본능으로 다가오는 것들을 하나하나 마주해야 한다. 다가오는 것은 곧 지나가는 것이다. 모든 것은 지나갈 뿐이다.

영화 〈다가오는 것들L'AVEIR〉을 보았다. 중년 여인이 겪는 인생의 변화를 사실적이면서도 덤덤하게 그리고 있다. 여주인공 역의 이자벨 위페르의 연기와 여성 감독의 잔잔한 묘사와 진행이 어김없는 프랑스 영화다.

살아간다는 건 매일매일 새로운 현실과 마주하는 것이다. 원하든 원하지 않든 새로운 현실은 다가온다. 어차피 받아들일 수밖에 없는 삶의 변화 앞에서 진정한 자기 모습으로 자신의 인생을 살아내야 한다. 완벽한 인생이 어디 있을까. 삶은 더 넓은 바다 위에서 널빤지도 없이 맨발로 파도를 타는 것과 같다. 무수히 다가오는 것, 그 일렁이는 물살의 흐름에 마냥 더불어 흘러야 살 수 있다.

담담하고 담백하게, 다가오는 것은 차근차근 마주해야 한다.

2월, 시샘달

아기 붓꽃 줄기 잎이 한 뼘이다.

계절의 전령처럼 찾아온 파랑어치 한 마리가 뒷마당 작은 인공 계곡에 발을 씻고 장식용으로 깔아놓은 짱돌 여기저기에 물기를 남긴다. 햇살은 아직 여려 축축한 흔적을 금세 지우지 못하고, 회색 꼬리털을 치켜든 다람쥐가 멀뚱멀뚱 눈으로 푸른 새의 꽁무니를 바라본다. 새는, 이제 태산목 가지 사이에 들어 앉아 보이지 않는다. 큰 나무 밑등 위로 노랗거나 흰, 보랏빛 꽃으로 나풀거리는 색색의 크로커스 만발이다.

나뭇잎 갈피 사이에 숨은 푸른 전령의 노랫소리 재잘거린다. 가볍게 겨울 가지치기를 한 나무를 다시 다듬을 때다. 나무는 제대로 된 가지치기, 본 전정剪定이 필요하다. 전정은 아기 붓꽃 꽃대가 올라오기 전에 마무리해야 할 일이다. 크로커스꽃이 다 지기 전에 끝내야 하는 일이다. 몸은 하나인데 마음이 천 갈래, 만 갈래 흩어진다. 지금은 마음을 하나로 모아 오는 계절을 맞이할 때다.

중심은 하나인데 사방이 분주하니 전정이 필요하다.

3월, 물오름달

나무에 물이 오른다.

가지마다 눈이 움트고, 새는 아침부터 나뭇가지 사이를 들락거린다. 계절이 오가는 것처럼, 매일 반복되는 일상처럼, 자꾸 반복되는 순간이 흐른다. 태산목 속 가지치기를 한다. 더는 기이한 것도 없고 사소할 뿐인 일상이다.

수잔과 나, 담장도 없는 이웃이지만 아무 의미도 남기지 못했다. 진정한 우리가 되지 못한 채 멀어졌고 금세 잊혀간다. 텅 비었던 그녀의 집 현관에 다시 환하게 불이 밝았다. 태산목 아래로 성큼성큼 걸어온 백인 아저씨, 새로 이사온 마크는 부인 이름까지 말하며 스스럼없는 인사를 건넨다. 밝고 시원한 표정에 덩달아 격이 없어진다.

이제는 먼 신비로운 일상을 꿈꾸기보다 가까운 이웃이나 미물의 평범한 일상이 더 궁금하고 친근하다. 발끝에서 손끝까지 온몸에 물길을 열어가는 나무의 태를 훑는다. 어린 발톱과 짧은 부리로 먹을거리를 찾는 새의 날갯짓을 본다. 그 속에는 신기하고 묘한 지혜가 흐른다. 나무와 풀, 새는 하나의 울타리 속 더불어 살아가는 아름다운 고리다. 그들의 일상은 소소小小하지만 소소昭蘇하다.

묵은 줄기를 잘라주면 새로운 줄기가 나온다. 해마다 물이 오르고 싹이 트는 나무의 일상처럼 만나고 헤어지는 우리 인연도 반복되는 삶의 일상이다. 끊어진 인연에 애달파할 것도 없고 새로운 인연에 벅차할 필요도 없는 그저 담담한 일일 뿐이다.

다만, 우리 마음 조각 하나에도 물이 오르고 싹이 자라기를 바란다.

4월, 잎새달

새순이 하루가 다르게 자란다.

이젠, 이른 봄 정성을 다해 나무를 다듬는 일이 오래된 습관처럼 익숙한 일상이다. 해마다 쏟는 정성에 보답하듯 나무는 때가 되면 새잎에 꽃을 피우고, 때를 맞춰 열매와 물든 잎을 말없이 떠나보낸다. 모든 것을 다 내어주고 시린 겨울을 견뎌낸 나무. 나무의 시간은 언제나 새롭고 신비하다.

나무로 살아 꽃을 피우겠다는 몸짓은 무게를 더하며 점점 지루해진다. 날이 갈수록 몸과 머릿속을 짓누르며 자라나는 군살. 마음은 무거워 비틀어지고 늘어지면서 여기저기 주변을 돌며 애면글면한다. 지나치게 늘어지거나 여물지 못한 마음은 끊어버려야겠다.

해마다 나뭇가지를 치고 모양을 다듬는 것처럼 몸과 머릿속에 들러붙어 웃자란 살을 툭툭 쳐내버릴 수 있으면 좋겠다. 우

리도 신묘한 나무의 시간에 기대면 새 눈이 뜨이고 뒤틀리지
않는, 늘 푸른 마음이 될 수 있을까.

5월, 푸른달

산과 들이 신록으로 넘실거린다. 앞마당, 뒷마당 나무와 잔디도 볼수록 새록새록 푸르러만 간다. 해마다 이맘때면 지나간 계절이 시샘하는지, 일기가 불안정해지면서 우박이 소나기처럼 오락가락 쏟아진다. 순식간에 눈송이처럼 하얗게 내려앉던, 미련한 계절의 응어리 스르르 녹아 흩어진다. 무르익는 계절이 맞이하는 마지막 고비다.

찬 고비를 넘기고 흰 서양수수꽃다리가 풍성하게 피어나면, 뒷마당 채소밭에 모종 심기를 할 때다. 한동안 식탁을 맛깔스럽게 채워줄 상추와 깻잎, 고추와 토마토, 오이까지 모판에서 제법 자라났다. 겨울을 견뎌낸 푸성귀, 부추와 참나물은 벌써 입맛을 돋운다.

수수꽃다리 뿌리가 점점 뻗어나와 힘자랑하는 걸까, 두어 해 전부터 밭농사가 신통치 않다. 올해는 가까이 선 나무가 없는 뒷마당 다른 쪽 잔디를 걷어내고 거름흙을 덮어 두둑과 고랑을 미리 손질했다. 줄지어 나란히 앉아 있는 이랑만 보아도 마음이 그득해지고 여름날 자연의 맛으로 신선하고 건강해질 식탁이 기대된다.

모종을 옮겨 심고 남은 두둑에 친구가 준 열무씨를 뿌린다. 씨를 묻으려 흙을 살짝 덮고 있는데 열무씨가 슬금슬금 밖으로 기어나온다. 들여다보니 개미들이 자기 몸보다 더 굵은 씨를 이고 지고 메고 가느라 힘겨운 노동을 하는 중이다. 떨어뜨린 씨앗을 땅에 다시 묻으면 금방 흙을 비집고 밖으로 얼굴을 내미는 개미와 열무 씨앗. 아름다운 현장이다.

개미 등허리에 흐르는 햇살이 반짝인다. 계절이 무르익는다.

6월, 누리달

놀랍다. 부러져 한쪽 껍질만 겨우 붙어 있던 사탕단풍나무 가지에 어린 눈이 나는가 싶더니 어느새 다 자란 이파리가 활짝 펴졌다. 꽃은 풍성하게 피었고 용케 씨방도 줄줄이 달려 여물어가고 있으니 고마운 일이다.

가지 많은 나무에 바람 잘 날 없다. 무성해진 겉모양새만 언뜻 보면 나무의 지난한 세월과 아픔을 누가 알겠는가. 찬바람 몰아치던 계절을 지나면서 나무는 가지가 부러지고 떨어져 나가며 곳곳에 상처를 입었다. 부러진 가지 하나가 덜렁덜렁 매달린 채 마지막 힘으로 버틸 때, 나무 또한 온 힘을 다해 그 가지를 붙잡고 있었다. 아픈 아기에게 생명의 젖을 물리며 애틋했던 어머니의 거친 시간은 이제 깊은 속살에 모두 갈무리되었다.

햇살 아래 당당히 선 사탕단풍나무 한 그루. 세파에 꺾이거나 잘려나간 상처를 어루만지던 극진한 시간만큼 나무는 키가 자랐다. 풍성한 나뭇잎이 반짝이며 찰랑거리는데, 찰나의 풍경이 참으로 눈부시다. 머지않아 가을이 오면 색색으로 불을 밝혀 마을을 물들이고 세상을 물들일 잎새의 꿈이 쑥쑥 크고 있다는 증거다. 어머니의 지극한 정성으로 튼실해진 나뭇가지는 따끈한 햇살을 마음껏 누리며 내일을 준비하고 있다. 모든 것이 숭고한 사랑의 힘이다.

자식에게 줄 수 있는 최고의 선물은 사랑이다. 부와 명예, 학식이 아무리 많고 높다 한들 내면이 빈약하면 살아가는 평생이 가시밭길이 된다. 가장 큰 부모의 선물은 어린 자식에게 튼튼한 자아를 심어주는, 진실한 사랑이다.

7월, 견우직녀달

한여름에 난데없이 목련꽃이 한창이다.

이상기온 속에서 잦은 비를 맞으니 자목련 한 그루가 혼돈에 빠진 것일까. 봄날 잎보다 먼저 한바탕 피었다 맥없이 쓰러졌던 꽃이 무성한 잎사귀들 사이로 돌아와 자색 얼굴을 내밀고 있다. 7월에 다시 핀 목련꽃이라니 무슨 일일까. 요 며칠 오가며 마주친 목련이 자꾸만 불안한 심사를 헤집으며 들락거린다.

세상일에 우연이란 없다. 너무도 당연하게 우리에게 보이는 것들이지만 스스로 깨닫지 못하는 우연 같은 필연들로 세상은 알게 모르게 모두 연관되어 있다. 여름에 핀 목련을 보며 자연의 이상현상은 자연이 우리 인간에게 던지는 경고이거나 마지막 기회일지도 모른다는 생각에 섬뜩하다. 희로애락이 공존하는 지독한 현실의 삶에 엉킨 고리를 풀 줄 아는 지혜와 깨달음이 절실하다.

오늘을 사는 모두의 삶은 아프다. 목련꽃이 피었다 지는 한 때처럼 덧없고 짧은 인생을 서로가 상처를 주며 모두가 위선에 갇혀 살아가는 모습이다. 평범한 듯 평범하지 않은 듯한 삶 속에 저마다의 아픔을 안고 살아가는 많은 사람을 본다. 누군가에게는 화해의 손길을 내주어야 하고 누군가는 더욱 솔직해져야 한다. 용서와 치유는 서로의 사랑으로부터 온다. 우리에게 사랑은 필연이다.

8월, 타오름달

백중기도를 올리는 중이다.

관세음보살, 나무 관세음보살. 팔월의 찌는 더위는 목덜미를 타고 내려와 등줄기를 적신다. 잠시 절을 멈추고 호흡을 가다듬으며 법당 안 좌중을 훔쳐본다.

백중은 몸과 마음을 닦는 재齋의 시간이다. 부처님 제자인 목련존자의 우란분절 이야기에 유래한 불가의 5대 명절로 사찰마다 제를 지내고 기도에 들어간다. 백중기도는 선망 부모와 조상의 왕생극락을 발원하며 올리는 합동 천도재다.

법당 안은 한창 마지를 올리고 절을 하고 법문을 경청할 때인데 어디선가 주고받는 바쁜 말소리가 들린다. 쑥덕거림의 잡음이 무척이나 거슬린다. 그들처럼 나 또한 재를 행하는 마음이 지극하지 못한 모양이다.

일주일을 하루같이 정성을 다하며 쉼 없이 절을 하는 보살과

처사를 본다. 어떤 이는 삼천배를 계획하고 끝내 이룬 커다란 불심에 스스로 만족해한다. 그들은 정성을 다하여 천도를 잘하면 더없이 좋은 일이 꽃핀다고 진정으로 믿는다.

자기 자신을 완전히 내던지듯이 절을 하는, 저 사람의 진심이 궁금하다. 미친 듯이 땀을 흘리며 자기 행위의 결과를 바라는 미련한 집착인지, 그저 삶에 대한 번민과 슬픔을 잠시 잊으려는 허망한 버림인지. 무지한 중생이 아상我相에 든다.

불성佛性을 놓쳐버린 불심, 청정을 모르는 마음, 모두 허공일 뿐이다.

9월, 열매달

모든 살아 있는 것들의 역사는 위대하다.

여름내 뒤뜰의 나무 담장 위를 부지런히 오가던 청설모가 며칠째 더욱 잔걸음을 치며 바쁘게 움직인다. 치켜세운 꼬리털 자락에 눈을 맞추고 따라가보니 놈은 벌써 겨울 채비를 하고 있다. 작은 이빨로 채를 썰듯 갉아 삼키던 도토리 알맹이를 오늘은 그냥 입에 물고 구석진 곳으로 달려가 주위를 살피며 숨긴다. 새벽녘 살짝 흩뿌린 빗줄기에 어느새 서늘한 기운이 묻어왔는지 놈은 조급한 마음을 숨기지도 않고 곁눈으로 본 나를 외면하며 자기 일을 열심히 한다. 그의 움직임을 따라다니던 나도 덩달아 마음이 바빠졌다.

살아 있는 오늘, 나의 역사는 위태롭다.

게으른 베짱이로 여름을 살던 나는 우기가 시작되기 전 마무리할 일을 찾아 온종일 집 안팎을 들락거리며 오늘만큼은 저

작고 검은 다람쥐보다 더 재바른 하루를 보낸다. 지붕에 말라붙은 이끼를 긁고 물받이에 쌓인 흙찌꺼기를 걷어낼 때 불어오는 바람 한 줄, 아! 바람은 마음 깊은 곳을 할퀴며 지나간다. 희고 탐스럽던 태산목 꽃송이는 빛바래고 흩어진 지 오래되고, 말라 뒤틀려 떨어진 잎사귀 흩어져 뒹굴고 있다. 한낮의 햇살에 일본단풍나무 어깨가 내려앉는가 싶더니 그 여린 손끝이 핏빛으로 물들고, 시샘을 내는지 옆의 홍단풍나무도 모양새를 매만지며 중년의 속살을 찰랑거린다. 아찔하다. 나는 가을의 문턱으로 성큼 들어서 있는 자신을 미처 몰랐다.

아련하던 기억의 역사 하나가 나를 위무한다.

구월이 오면 아버지는 문살이 있는 방문을 모두 떼어다가 마당에 널어놓고 우리 형제들에게 창호지 바르는 일을 가르치셨다. 헌 창호지를 뜯어내기 위해 입안 가득 물을 머금고 품어대며 장난을 쳐대던 그런 어린 날을 기억한다. 추석이 되기 전, 미리 우리 집 방문은 새 창호지로 하얗게 단장되었고, 보름달이 뜨면 팽팽한 문종이 위로 그림자 꿈들이 하염없이 흘러가곤 했다. 살아가는 하루, 늙은 태산목 그늘에 앉아 우연히 옛 기억을 떠올리는 것은 가을이 내 마음에서부터 물이 들기 때문이다.

살아내는 오늘, 구월의 시간은 어둡고 아득하다.

10월, 하늘연달

세상에 오고가는 일이 하나같지 않다.

사방에 우뚝 서 있는 사탕단풍나무가 울긋불긋 가을을 품는 중이다. 무료한 시간, 길을 나서듯 이웃집 담장에 걸쳐진 단풍잎을 본다. 오후의 햇살 아래 물들고 있는 잎새들 그 시간의 움직임에는 편차가 있어 나뭇잎의 색깔은 모두 다르다. 근본은 하나의 뿌리와 몸통인데, 뻗어나온 가지 끝에 매달린 작은 영혼 하나하나에 지워진 운명의 시간은 제각각이다. 이미 붉어진 것은 붉은 대로 아직도 푸른 것은 푸르른 대로 어느새 떨어져 발밑에 뒹구는 낙엽까지 잎사귀들의 시간은 다르게 흐른다. 한 나무에 달린 잎새들의 가는 길도 이렇게 고르지 않는 것은 자연이 보여주는 소리 없는 울림이다. 물드는 단풍이 보여주는, 세상의 많은 이치 중 하나임을 깨닫는다.

무르익는 가을에 그저 감사할 뿐이다.

11월, 미틈달

나무의 어깨가 한결 가벼워졌다.

종일 안개 속에 갇혀 있던 마을에 등불이 하나, 둘 켜지고 내내 문밖을 떠돌던 무거운 발들이 한 걸음 한 걸음 집으로 돌아오는 저녁이다. 하루의 해가 지는 풍경 속으로 천천히 걸어들어가면 나도 풍경이 될 수 있을까. 마을 어귀에 우뚝 선 캐나다 포플러 한 그루, 그 썰렁한 어깨 사이로 바람이 잦아들고 어둠이 내린다. 시간은 말없이 흘러가고 흐르는 시간 속에서 나무는 다만 함께 흘러갈 뿐이다. 반짝이던 기억들, 지나온 날은 모두 발길에 채는 낙엽으로 떠나보내고 점점 가벼워지다가, 어느 순간 나무는 온몸에 송이송이 서리꽃을 피워낸다. 버림으로써 더 많은 것을 얻게 되는 아름다움을 위해 나무는 저녁 어스름에도 저 혼자 찬란하다. 가벼워져 더 넓은 가슴으로 마을을 지키는 나무다.

버림의 미학을 한 그루 나무에서 배운다.

12월, 매듭달

동지 팥죽을 끓이려 새알심을 비빈다.

어릴 적, 겨울 간식으로 팥죽이 단연 최고였다. 뒤뜰에 내놓
았던 죽을 동치미 국물과 같이 먹으면 온몸에 냉기가 스멀거린
다. 그럴 때마다 동생과 나는 솜이불을 뒤집어쓰고 발길질을
해대며 몸에 열을 내곤 했는데, 어머니가 풀을 먹여 빳빳하게
다듬이질을 한 광목 홑청이 덩달아 몸부림을 쳤다. 여전히 졸
깃졸깃 팥죽 옹심이 맛이 그립고 솜이불 홑청의 바스락거리던
차가운 소리도 귓가에 울린다.

동지冬至는 글자 그대로 겨울에 이르렀다는 의미다. 일 년
중 밤의 길이가 가장 긴 동지가 지나면 태양은 점점 기운을 회
복하여 밤은 짧아지고 낮의 길이가 늘어난다. 동지를 넘어서
면 새로운 한 해가 시작된다는 의미로 옛날 어른들은 동지에
붉은 팥죽을 끓여 나눠먹으며 이웃 간에 정을 나누고 새해를

기원했다.

　겨울이 깊어져 가고 있다. 황진이의 시 "동짓달 기나긴 밤을…"은 사랑하는 사람을 기다리는 그리움이 절절히 표현된 아름다운 노래다. 그녀의 기다림은 만남을 전제로 하고 기다림은 쌓여 그리움을 낳는다. 이불 아래 서리서리 넣어둔 그리움을 임 오신 날 굽이 펼쳐 보이겠다는 마음은 만남에 대한 희망이다. 임을 향한 연시로 회자하는 그녀의 시가 오늘은 아쉽고 힘들었던 한 해를 보내고 새해에 대한 희망을 품어보는 송구영신의 그리움과 기다림으로 다가온다.

　어머니 손에서 단단하게 다져지던 새알을 생각하며, 내 손바닥 안의 새알심을 자꾸 공글려본다. 그리운 어머니, 올해 겨울은 견디시기가 웬만하신지요.

제5장

뮌헨의 그녀들

길 위에는 늘 그리움이 있고
그리움의 바탕은 바로 오늘이다.
오늘의 미완성은 그리움의 어제로 남고
내일의 꿈으로 되돌아온다.

아침 산책

가끔 궁금할 때가 있다.

하늘을 나는 새의 꿈은 무엇일까. 흰머리수리Bald Eagle 한 마리가 길 위 전깃줄에 앉아 꼼짝하지 않더니, 순간 발을 뒤로 차면서 활짝 편 날개로 높이 올라 빙글빙글 맴돌다 어디론가 사라진다. 커다란 저 날개는 새를 더 높이 더 멀리 날게 하는 힘의 원천이다. 새는 들판을 지나 산을 넘고 호수를 건너 바다를 만나고 어느 날엔 미지의 섬에 닿는다. 사철 때때 꽃이 피고 밤마다 별빛이 쏟아져 내리는 청정무구한 섬. 새는 그곳에 꿈의 둥지를 틀고 아름다운 노래를 영원한 전설로 남긴다.

새해다. 한 해의 새로운 하늘이 열리는 해오름달 아침이다.

새 해가 뜨고 멀리서 다가오는 시간을 위해 얼어붙은 몸을 녹이고 닫힌 마음의 창문을 연다. 창밖 멀리 날아가는 새들을 보며 새벽에 만난 흰머리수리를 다시 떠올려본다. 머리와 꼬리는 흰 색의 깃털로 덮여 있고 기역으로 꼬부라진 노란 부리와 날카로운 발톱을 가진 맹금류다. 아메리카 인디언들은 샛노란 홍채가 주는 묘한 기운에 범접할 수 없는 그를 오랫동안 신성시하며 숭배의 대상으로 여겼다.

언제부턴가 흰머리수리 한 마리가 빙빙 주변을 돌며 말을 걸어온다. 호수 둘레길을 돌 때마다 그를 만난다. 출발 지점으로 돌아올 때쯤 지친 발걸음이 지루하다고 느낄 때쯤 기슭의 가장 높은 나뭇가지에 앉아 아래를 살피는 그를 발견할 때도 있다. 한번은 새끼들과 물놀이하던 어미 오리의 모성 본능 때문에 물속 먹잇감을 포기하고 물러서는 그를 만나기도 했다. 새끼를 잃을까, 섣부른 오해로 야단법석을 떠는 오리에게 베푸는 큰 새의 너그러움을 보여주는 장면이다. 흰머리수리는 절대 새끼 오리를 탐낸 것이 아니라 수면에 어른거리는 물고기를 노린 것이라고 믿는다.

호수공원 잔디밭에서 맞닥뜨린 진풍경이다. 내장이 다 드러나 생피를 흘리는, 몸통이 어른 팔뚝만 한 물고기를 뜯고 있는 흰머리수리. 그 부리 앞에서 까마귀 수십 마리가 넌지시 지켜보고 있다. 한 점이라도 뜯어보겠다는 간절한 조바심을 숨긴 채 옆 눈짓을 하며 때를 기다린다. 아랑곳없이 물고기를 뜯는 듯하던 그는 어느 정도 배가 부른지 훌쩍 허공으로 오른다. 틈새를 놓칠세라. 혹여 그가 다시 자기들이 날로 얻은 먹이에 내려앉을까 경계하는 와중 서로 뒤엉켜 겨우 한 점 얻은 살점을 어딘가 숨겨놓고 다시 달려드는, 잔머리 지수가 높은 까마귀들의 난장이 열린다. 볼썽없는 까마귀들을 위한 세심한 배려일까. 흰머리수리는 날개를 넓게 펴고 난장판 위를 천천히 여러 번 돌더니 먼 하늘로 유유히 사라진다.

썰물 때, 후미진 만의 갯벌과 자갈밭을 두리번거리며 갈매기들과 어울려 산책을 즐기는 흰머리수리를 본 적이 있다. 그의 걸음걸이는 웃음이 절로 나게 한다. 덩치 큰 새가 발을 한쪽씩 덤벅 더엄벅 떼는데 양쪽 어깨가 번갈아 기우는 모습이 사나운 날짐승이라는 생각을 잊게 한다. 작은 새들 또한 크게 개의치 않고 여유를 즐긴다. 그러다 먹거리를 먼저 발견한 새가 한 입 맛을 보고 자리를 뜨면 지나는 다른 새가 맛을 본다. 각기 여기저기 널려 있을 먹을거리를 찾으려 할 뿐 먹거리로 싸우려 드는 새는 보이지 않는다. 가까이 있는 자연이 소리 없이 보여주는 공생의 멋이다.

우연히 예상치 못한 다른 모습의 독수리 '블로도론'을 만났다. 블로도론은 북유럽의 고대 시가에 언급되는 종교적인 처형 의식이며 영어로 피의 독수리Blood Eagle라 일컫는 아주 잔인한 처형법이다. 명예와 수치심을 중요한 근거로 법을 다스리던 바이킹에게는 가장 극형의 처벌이며 왕이나 귀족에게도 예외는 없다. 이 처벌이 정말로 이루어졌던 것인지 아니면 고대 문헌 속 은유적인 묘사였는지의 논쟁은 여전히 남아 있으나, 블로도론은 바이킹문화를 이해하는 중요한 요소 중 하나로 다가온다.

넷플릭스 드라마 〈바이킹스〉는 적나라한 피의 독수리를 보여준다.

카테카트 출신의 전설적인 영웅 라그나르는 배신을 조장하며 자기에게 도전한 고타랜드의 우두머리, 얄 보그를 피의 독수리로 처형해 그들의 신, 오딘의 제물로 바친다. 라그나르는 자신이 집행자가 되어 얄 보그의 양팔을 벌려 묶은 채로 무릎을 끓어앉게 한 뒤, 날카로운 도구로 등을 가르고 척추에서 갈비뼈를 떼어내 양방향으로 벌린 다음 날개 모양을 만들고 그 칼날로 허파까지 끄집어낸다. 벗겨진 등가죽과 벌어진 갈비뼈는 한 쌍의 날개를 이루어 뼈와 허파가 늘어진 독수리의 형상, 마침내 피의 독수리가 된다.

북유럽 신화는 전한다. 피의 독수리가 침묵으로 고통을 이겨낸다면 전사자의 영혼을 받아들이는 신의 전당, 발할라로 들어갈 수 있으나, 고통을 못이겨 비명을 지르거나 소리를 낸다면 결코 그 통로로 들어갈 수 없다고 한다. 명예와 수치심을 다스리는 바이킹의 용감무쌍함을 강조한 이야기다.

얄 보그는 피를 철철 흘리며 완전히 숨이 멎을 때까지 비명 한번 지르지 않는다. 그는 강인한 바이킹 전사로 죽음을 마주

한다. 죽음에 이르러 더불어 살아가야 하는 세상 이치를 간과
했던 자신의 부족함을 깨닫고, 용기 있는 전사의 모습으로 고
통과 피의 강을 조용히 건너간다. 이제 그의 영혼은 전사자들
의 낙원, 신의 전당에 들어 영원한 안식을 누릴 것이다.

오늘은 두 마리 새가 어깨를 맞대고 날아오르는 꿈을 꾼다.
떠오르는 해는 어두운 시간의 티끌조차 흔적 없이 걷어내고,
비익比翼의 날갯짓은 우리가 꿈꾸는 참 세상 그 문을 향한다.

작심삼일

남쪽 도시로 겨울 여행을 떠났다.

비행기에서 내린 첫 도시, LA의 두 가지 보물은 캘리포니아의 더없이 맑은 하늘과 게티 미술관이다. LA에서 렌터카로 도착한 팜스프링스는 사막에 둘러싸인 휴양지이며 PGA 골프리조트로 잘 알려져 있다. 마지막으로 쇼핑과 도박의 도시, 라스베이거스를 뒤로 하고 밴쿠버로 향했다. 모처럼의 일탈인 3박 5일 바쁜 일정은 순식간에 끝났다. 공항 주차장에서 차의 시동을 걸고 창문에 내린 서리를 닦으며 익숙한 도시에 돌아왔음을 실감한다. 자동차는 어둠을 뚫고 서서히 집으로 향한다. 무엇인가 알 수 없는 아쉬움에 마음이 착잡하다. 현실의 나는 집으로 돌아가지만, 또 하나의 나는 여전히 여행지에 머물고, 제삼의 나는 벌써 다음 여행을 꿈꾸는지도 모르겠다.

여행의 가장 큰 수확은 게티 미술관을 둘러본 것이다. LA에서 게티 미술관을 가보지 못하면 LA를 절반밖에 보지 못한 것이나 다름없다고 누군가 말했다. 게티 미술관은 미국의 석유재벌 J. 폴 게티의 개인 소장품을 모아놓은 박물관이다. 말리부에 있는 게티 빌라는 고대 유물 전용관이고, 산타모니카 산 정상에 자리한 게티센터는 근현대 미술품을 전시하는 신개념 미술관이다. 세계적인 건축가 리처드 마이어에 의해 12년 이상 걸려 완성된 게티센터는 주변 경관과 잘 어우러진, 21세기를 대표하는 건축물이다. 차 한 대당 내는 주차비 외에 주차장에서 입구까지 타고 올라가는 트램을 포함한 모든 입장료가 무료인데, 게티센터에 이르면 사방이 탁 트여 한눈에 내려보이는 LA의 스카이라인과 자연풍광에 탄성이 절로 나온다.

자연과 조화를 이룬 최첨단 건축물 게티센터는 동서남북 4개의 독립된 전시관에서 렘브란트나 고흐를 만날 수 있고, 중간중간엔 쉬어갈 수 있게 정원이 꾸며져 있다. 전시관을 돌며 정원을 거닐며 현실을 벗어난 시간 그대로 영원히 흐르는 나를 발견했다. 오랜만에 낯선 길 위에 새긴 추억이다.

미술관으로서 게티센터의 대표작은 빈센트 반 고흐의 〈아이리스〉다. 아이리스, 붓꽃은 이 사실을 증명하듯 많은 관람객의 발을 멈추어 연신 자신의 사진을 찍게 한다. 그림과 사진은 전혀 다르게 다가온다는 것을 사람들은 모르는 걸까. 사진을 찍으면 색상의 차이뿐만 아니라 원본 그림에서 보이는 것과 같은 하나하나 붓 터치의 실감을 읽을 수가 없다. 더구나 이 그림은 정원에 핀 아이리스가 아닌가. 자연과 예술의 우수성에 대한 고흐의 깊은 신념이 묻어난, 그림 속 아이리스의 여리면서도 강한 생동감을 사진이 어떻게 다 표현할 수 있겠는가. 그림 감상은 꼭 원본으로 해야 하는 이유가 여기에 있다. 나는 〈아이리스〉의 청보랏빛 신비로움에 빠져 한참을 그 앞에 못 박혔다.

〈아이리스〉 앞에서 넋을 놓고 있을 때 갑자기 스마트폰이 부르르 몸을 떤다. 『고흐의 재발견』을 빌려준 지인의 전화다. 그녀가 빌려준 책에는 고흐의 화병에 담긴 아이리스 그림이 있다. 인쇄된 사진 그림이지만 노란 색 배경과 청색 꽃의 대조가 선명한 슬픔으로 다가와 더는 책장을 넘기지 못하고 차일피일 너덧 달이 지나버렸다. 빌린 책의 책거리는 새해 숙제로 남겨놓았는데, 게티센터에서 고흐를 만나는 순간 그녀의 전화가 걸려오다니 놀라웠다. 고흐의 정원에 핀 〈아이리스〉에 더 많은 시간을 주고 싶었지만, 그녀에 대한 미안함 때문에 서둘러 그 자리를 빠져나오면서 〈아이리스〉를 보러 꼭 다시 LA 게티센터를 방문하리라 다짐했다.

그날의 나는 안다. 내일의 나는 두고 온 어제의 나를 찾아 다시 길을 돌아가리란 것을. 길 위에는 늘 그리움이 있고 그리움의 바탕은 바로 오늘이다. 오늘의 미완성은 그리움의 어제로 남고 내일의 꿈으로 되돌아온다.

한 해의 첫 일출을 마주하며 나도 다른 사람들처럼 새해 다짐을 했다. 돈, 건강, 여행, 독서…. 솔직히 남들이 1순위로 내세우는 돈을 벌 재주가 없으니, 그저 몸이 가벼워지고 생각은 깊어지면 좋겠다. 욕심대로 이루어진다면 보람 있는 한 해를 보내겠지만, 몸이 가벼워지는 일 또한 쉽지 않다. 한동안 노력을 하여 성과가 보인다 싶으면 금세 게으름 병이 도지고 요요현상을 감당할 도리가 없다. 아쉽지만 두 마리 토끼를 다 잡겠다는 욕심을 덜어내고 올해는 독서에 튼튼한 심지를 담그련다. 비싼 항공 우송료를 지급한 많은 책이 먼지를 뒤집어쓰고 오랜 잠을 자고 있으니 더 늦기 전에 그들을 깨워야겠다. 올 한 해, 내 머리 위에 차곡차곡 양서를 쌓겠다고 다짐했다.

해를 묵인 『고흐의 재발견』은 1월이 다 가는 아직도 마지막 장을 덮지 못했다. 책을 읽을 마음의 여유는 없어도 TV 앞에 붙박이가 되어 시간을 죽일 아량과 사람을 만나거나 쇼핑하며 자신에게 베풀 어쭙잖은 배려는 넉넉하다. 손바닥을 뒤집어보면 비굴한 한편이 당장에 보이겠지만 애써 외면하며, 평범한 보통 사람이라고 스스로 위안한다. 언제나 작심삼일이 되고 마는 새해 다짐-여행의 꿈, 독서의 꿈, 그리운 꿈을 꾼다.

1월의 시간은 매번 작심삼일作心三日이다.

메주고리예의 오늘

가톨릭 성지순례단과 함께하는 여행이다. 비신자의 튀는 행동으로 밉상을 주지 않으려 일정을 말없이 따르며 참여하다보니 편안해지고 가슴이 환히 열리는 것 같다. 로마에 오면 로마의 법을 따라야 한다는 말이 진리임을 몸으로 느낀다.

치지직 치직 치지이직….
대형 TV 화면의 자잘한 픽셀이 잡음을 흘리며 흑백으로 번쩍거린다. 지나가던 걸음을 멈추고 작은 점들의 잔영 속으로 빠져들며 한참 붙박이가 된다. 저녁 미사를 끝낸 시간이 꽤 오래된 듯 야곱대성당 주변은 가로등 불빛조차 흐릿한데, 아무도 없는 간이 미사당의 텔레비전은 보여줄 무엇이 남았는지 미련을 떨고 있다.
간이 미사당은 본당 옆의 통로를 따라 디근 자 형이다. 지붕은 비를 피하도록 덮여 있고 한쪽 벽을 따라 세계 곳곳에서 온 사람들이 고해성사할 수 있는 작은 칸막이들이 나열되어 있다. 영세를 받지는 않았지만, 반백의 세월을 살아온 인생에 어찌 고백하고 뉘우쳐 반성할 일이 없겠는가. 한국인 신부님이 있을 때도 있는지 언어 안내판을 모아놓은 곳에는 'KOREAN'이라 쓰인 목판도 눈에 띈다. 3박 4일 동안 시간을 보낼 성지이니 오다가다 우리말 판이 걸린 고해소가 눈에 밟히면 한번쯤 들어갈 수도 있지 않을까 싶어 유심히 살핀다.

어제는 본당의 저녁 미사 방송을 간이 미사당에서 TV로 보며 끝까지 자리를 지켰더니 성체를 받아 모시는 영광을 안았다. 우리 식으로 양팔을 가슴에 X자로 모으며 영세를 받지 않았다는 표시를 했지만, 푸른 눈의 신부님은 아랑곳하지 않고 입속으로 밀떡을 밀어넣어주었다. 메주고리예에 온 지 사흘째다. 성체를 모셔보기도 하고 성모님 발현산을 오르고 십자가의 길도 걸어보았다. 돌들이 뾰족뾰족 드러난 돌산 십자가의 길을 맨발로 하루에 두 번씩이나 오르내리는 신심 깊은 사람의 대단함에 감동도 받고 청동 예수상의 무릎에서 나오는 치유의 물도 닦아보았다. 한편, 성모 발현지로 알려지게 되면서 상업적으로 번창하고 있는 시골 마을의 안타까운 이면도 읽었다.

소나기가 그친 뒤 한번 더 청동 예수상으로 가는 길이다. 신자들이 하는 것처럼 마리아상이 그려진 작은 가제 조각 수건

한 봉지를 사들고 친구를 위한 치유의 물을 닦으러 가고 있는데 발목을 잡는 어떤 힘이 느껴진다. 나도 모르게 어둠 속에서 빛을 발하는 TV 화면을 빽빽하게 메운 검거나 흰 점들을 응시한다. 아무도 없는 간이 미사당이 무섭기도 하지만 쉽게 발길을 떼지 못하게 하는 알 수 없는 기운이 주위를 감싸는 순간 시간은 멈췄다.

모자이크화로 서서히 선명해지는 성모 마리아다. 가슴에 아기 예수를 안고 자애로운 표정으로 나를 보고 있다. 그 순간은 짧고 또 길었다. 순간 전원이 완전히 소진돼 픽셀들의 잔영이 사라지고 화면은 칠흑 같은 어둠으로 막을 내렸다. 기적이란 특별한 것이 아니다. 기적은 누군가 마음을 다하면 통하는 무엇이다. 누구든 절실히 원하며 믿으면 원한 만큼 믿은 만큼 노력과 믿음의 결과로 다가오는 현상이다. 비신자의 이런 오만함이 죄악이라 해도 나는 간절히 기도했기에 오늘 성모 마리아를 만난 것이다. 아기 예수를 감싸안고 따뜻한 사랑의 미소를 보내주는 마리아. 성모 마리아의 미소는 미천하고 불안한 영혼이 스스로 걸어놓은 올가미를 벗고 일어서게 하는 구원의 손길이다.

어둠에 묻혀버린 미사당을 뒤로 하고 청동 예수상 앞에 서 있다. 비를 맞은 예수상은 가로등 빛을 받아 살아 숨쉬며 어둠을 지키는 파수꾼 같다. 가제 수건 조각을 한 장씩 꺼내어 치유의 물을 닦는다. 방울방울 솟아나는 물은 조각 수건 10장을 모두 적시더니 조금 전 돌덩이를 덜어낸 내 가슴의 멍자국을 씻고 있다. 치유의 물은 강처럼 흐른다.

그렇구나, 이번 여행은 우연이 아니다. 오랫동안 한쪽 가슴 깊은 곳을 누르고 있던 무거운 돌덩이를 들어내기 위한 인연의 길임을 깨닫는다. 젊은 날 내게 찾아왔던 생명을 이런저런 이유로 싹을 잘라 떠나보냈던 죄의식에서 해방되고 싶은 간절함이 나를 이리로 데려왔나보다. 눈앞에 나타난 성모 마리아의 모습이 어쩌면 환상일지도 모르지만, 이제는 면죄부를 얻고 싶은 절실함이 응답을 받은 것이라 믿고 싶다.

평생 잊히지 않을 한순간, 메주고리예의 오늘이다.

무자식 상팔자

세상만사 마음먹기 나름이라 합니다.

살아가면서 치러내야 하는 웬만한 일들은 마음가짐에 따라 그 무거움과 어려움을 덜어낼 수 있겠지요. 하지만 하루에도 열두 번씩 천국과 지옥을 넘나드는 마음의 갈피를 잡는 것이 쉬운 일은 아닐 것입니다. 더구나 자식을 가진 부모로서 맞닥뜨리는 고민에 어찌 태연자약할 수 있겠습니까. 옛말에 자식이 없으면 걱정도 없어 마음이 편하다고 했습니다. 무자식이 상팔자, 옳은 말입니다.

눈보라 벚꽃처럼 흩어지는 이방으로 단체여행을 갔습니다. 일행 중에는 아들, 며느리를 따라온 홀어머니 한 분과 사위, 딸이 모시고 온 홀어머니 한 분이 있습니다. 두 분 다 칠순을 훌쩍 넘긴 노구였지요. 며칠 동안 함께 여행하면서 두 어머니에게서 강렬한 인상을 받았습니다. '자식은 전생에 부모의 빚쟁이'라는 말을 누가 처음 했을까요. 이 말은 지독히 사실적인 표현임이 틀림없습니다.

친정어머니를 모시고 온 딸은 참 곰살궂게 행동했습니다. 어머니를 위한 살가움으로 바지런을 떠는 모습에 함께하는 모두가 흐뭇하였지요. 항상 버스의 맨 앞자리는 어머니를 위해 도맡아두었고, 걸어다닐 때는 늘 팔짱을 끼고 그녀를 부축했지요. 어머니는 전망 좋은 자리에 앉아 경치를 감상하거나 사색을 즐기며 여유를 만끽하는 대신에 딸이 어떻고 사위가 어떻고 아들은 어떠하다고 얘기를 하느라 쉴 틈이 없습니다. 은근슬쩍 넋두리와 자랑의 경계를 넘나들며 틈새로 본인의 얘기도 나왔지요. 우리는 발길 닿는 곳곳에서 그녀의 젊은 시절 추억담까지 들어야 했습니다.

사위는 멀찌감치 떨어져 말이 없습니다. 사람의 겉모습을 보고 그 사람 전부를 이해할 수는 없겠지요. 교양이 넘치는 친정어머니의 언행은 가진 자의 오만함과 지식인의 이중성을 절묘하게 포장한 것은 아닐까. 사위의 무표정함이 가져다주는 일말의 의구심을, 스쳐대는 불안함을 애써 외면해버렸지요.

눈이 오는 여행지에서 한결같이 밍크코트를 입고 다니는 시어머니를 보는 마음도 편하지는 않습니다. 언제나 맨 뒷자리를 지키며 아들 부부와 손자 손녀의 꽁무니를 간신히 따라다니는 어머니. 시어머니의 침묵은 자식들에게 자신의 존재마저 잊게 하려는 듯했습니다. 며느리는 남편의 팔에 매달려 마냥 즐거워했고, 손자 손녀도 마음껏 여행을 즐기고 있었지요. 그녀는 과연 무슨 생각을 하며 여행의 긴 시간을 보내고 있는지 은근히 궁금했습니다.

며칠이 지나자 무덤덤하던 며느리와 시어머니의 간격이 좁아졌습니다. 어머니 이리 오세요, 어머니 이쪽으로 앉으세요, 소맷자락을 슬쩍 당기는 며느리 앞에서 어머니는 연신 겸연쩍은 표정을 지으셨죠. 며칠 먹은 눈칫밥만큼이나 쑥스러워하는 며느리와 그야말로 어쩔 줄 모르는 어머니. 저만치 떨어져 서 있는 아들. 우리는 모두 아무런 변화도 눈치채지 못한 듯, 그저 물끄러미 바라보고만 있었지요.

여행 마지막 날, 모두에게 자유 시간이 주어졌습니다. 각자 가족끼리 흩어져 관광과 쇼핑을 하고 몇 시간 뒤에 만나기로 하였지요. 비너스 포트를 한 바퀴 돌고 스타벅스 커피숍에 들어갔습니다. 음료수 한 잔을 마시러 들어간 커피숍에서 나는 평생 잊을 수 없을 것 같은 풍경을 보고 말았습니다.

쓰디쓴 커피의 카페인으로도 주름진 눈꺼풀의 무게를 가누지 못한 친정어머니는, 그만 잠이 들어버렸나봅니다. 그녀는 한쪽 벽에 붙은 긴 의자를 요 삼아 헐렁한 바지통 사이로 짧고 깡마른 다리를 펴놓고 누워, 한동안 잠에 떨어져 있는 것 같았습니다. 콧소리와 입소리를 섞어내며 한없는 잠에 취해 미소를 흘리던 어머니는 잠꼬대까지 하였지요.

"무자식이 상팔자지 뭐."

옆에는 반쯤 드러누워 잠들지 못하고 있는 시어머니도 있었습니다. 자기 밍크코트를 벗어 친정어머니의 드러난 다리를 이불처럼 덮어주며 말끝을 흐렸습니다.

"쯧쯧, 얼마나 피곤했을꼬….'

살갑던 딸은 보이지 않았습니다. 머쓱해하던 며느리도 나타나지 않았습니다. 시간은 멈출 줄 모르고 흘러갔습니다.

두 어머니가 벗어놓은 신발 네 짝은 마음을 내려놓은 바닥에 제멋대로 뒹굴고 있었지요. 그 모습은 한없이 평화롭기도 하고 한없이 슬프기도 하였습니다. 사실은 두 어머니의 신발이 놓인 자리보다 더 낮은 자리에 점 하나로 박힐지도 모를 훗날의 나를 보았는지도 모릅니다. 아니지요. 그녀들의 주름진 얼굴 위로 멀지 않아 나이든 내 얼굴이 겹친다는 걸 외면할 수 없었겠지요. 집으로 돌아오는 길 내내 비가 내렸습니다.

뻥 뚫려버린 가슴의 휑한 구멍 속으로 왈칵왈칵, 빗물이 솟구쳐 들어왔습니다.

동조궁에 기대어

마구간의 원숭이는 말을 지키는 영물이다.

일본 닛코 동조궁 마구간 앞에 서서 조각된 원숭이의 한 생애를 본다. 마치 인간의 일생을 대변하는 것처럼 태어나 자라고 늙어 죽을 때까지의 모습이 잘 표현돼 있다. 그중 청소년기의 원숭이 모습을 담은 것이 유명한 〈세 마리 원숭이〉 조각이다. 성장기의 생활 지침으로 나쁜 것은 듣지도, 말하지도, 보지도 말라는 의미라 한다.

삼나무 길을 따라 한 자락 바람이 지나간다. 공직사회 '삼불三不'에 대한 신문 기사가 떠오른다. 자칫 말을 잘못했다가 화를 당할 수 있다는 위기의식으로 공무원 사회가 꽁꽁 얼어붙었다는 글에 〈세 마리 원숭이〉 조각 사진이 함께 실렸던 기억이다.

동조궁은 도쿠가와 이에야스의 사당이다. 세 마리 원숭이의 모습이 시대와 역사를 다스리던 그의 처세술을 가르치고 있는 것은 아닐까. 더불어 그는 앵무새가 울기를 마냥 기다리기만 한다는 설화를 가지고 있다. 그의 처세술과 기다림의 미학이 이백육십여 년에 걸친, 에도 막부시대를 열었다는 사실은 부인할 수 없다. 그러나 원숭이 조각으로 에도시대의 무궁함을 기원했던 정신은 전근대적 발상임이 틀림없다.

사람은 생각하는 존재다. 과연 출세를 위하여 자기의 인간성이나 이성을 완전히 외면하고 살 수 있을까. 때론 처세술도 필요하겠지만, 처세에 얽매임을 당해서는 안 된다. 자신이 보고 느낀 것을 사실대로 말도 못하는 사람은 필요치 않다. 눈치를 보느라 자기의 생각과 판단에 따라 행동도 못하는 세 마리 원숭이 같은 사람은 더욱 필요 없다.

가는 빗방울이 흩어진다. 비를 맞아도 무탈하겠지만, 처마 밑으로 뛰어든 사람이 여럿이다. 무표정한 그들 모두가 처세술에 빠져 살아가는 사람처럼 두렵게 다가온다. 비가 멈추자, 사람들은 순식간에 처마 밑에서 사라진다. 일기의 작은 변화에도 이렇게 민감하니 거대한 자연이나 인위적인 상황에 따라 인간은 얼마나 간사해질까. 외부의 환경에 따라 마냥 흔들리는 꼭두각시들이 얼마나 많을까 싶다.

세상은 생각이 자유로운 사람이 필요하다. 관념의 틀에 박혀 자기의 존재가치마저 잊어서는 안 된다. 자기 존재에 대한 인식은 타인의 존재에 대한 인식을 전제로 이루어져야 한다. 자유롭게 생각하는 사람은 처세술로 서로의 존재가치를 퇴색시키지 않는, 자신과 타인의 가치를 지킬 줄 아는 사람이다. 자신의 존재를 인식하고 개성대로 살아가는 사람은 정신적으로 열린 사람이다. 세상은 자기의 생각대로 자신 있게 사는 사람이 많아야 한다. 그들이 시대의 빛이다. 시대의 빛이 주인공이 되어 세상을 가꾸고 나아가 역사로 남아야 한다.

한 무리의 젊은이들이 웅성거리는 바람으로 지나간다. 저들이 내일의 주인공이다. 멀리 있는 아들을 떠올리며 부모의 역할을 생각한다. 부모라는 이름으로 자식을 세 마리 원숭이처럼 키우는 어리석음은 범하지 말아야 하겠다. 그가 원하는 것이면 무엇이든 스스로 보고 듣고 말하게 하고, 보고도 못 본 척 듣지 않으려 귀를 막거나, 아무 생각이 없는 듯 입을 막는 처세는 잘못된 행동이라고 서슴없이 말해줘야겠다.

열린 생각으로 삶을 가꾸는 아들을 꿈꾼다. 나약한 정신으로 현실에 안주하는 사람으로 성장하는 것은 바라지 않는다. 내가 꿈꾸는 아들은 역사의 작은 파도에도 어쩌지 못해 안달을 부리는 우매한 사람이 아니다. 일말의 양심으로 잔뜩 구겨진 마음속 이야기를 혼자 안고 살아가는 비겁한 사람도 아니다. 언제 어디서나 당당하게 행동하며, 부딪치면 부딪치는 대로 느끼고, 깎이면 깎이는 대로 성숙하는 사람이다. 아들아, 너 자신이 주인공이다. 타인의 역사가 아니라 너의 역사를 써야 한다. 정성으로 바라면 기가 흘러 아들에게 닿으리라 믿으며 진솔한 마음으로 바란다.

바람이 삼나무숲을 흔들고 있다. 고궁에서 듣는 바람 소리는 흐르는 역사의 숨결처럼 다가온다. 유구한 흐름 속에서 한 점 모래알 같은 하루가 이울어도, 오늘 속에 존재하는 우리는 영원한 역사로 남는다. 지금, 우리 공직사회가 처세의 딜레마에 빠져 있다니 걱정이 앞선다. 누가 시대와 나라를 진심으로 걱정하고 있는지 의문을 던지며 누가 마음속 이야기를 솔직히 할 수 있을까 고민해본다.

역사는 시대의 빛으로 발전해야 한다. 발전하는 역사만이 아름답다.

음악은 흐르는데

아바ABBA가 35년 만에 새 앨범을 발표할 예정이라 한다.

"우리는 나이가 들었을지 모르지만, 노래는 새로운 거다."

요즘 기분이 좋다는 근황도 전한다. 반가운 소식이다.

갈래머리 여학생 때, 아바의 호주 순회공연 다큐멘터리를 극장에서 보았다. 그 당시 유행하던 춤인 디스코 풍에 어울리는 경쾌한 리듬과 귀에 꽂히는 가사는 스웨덴 팝 음악가를 세계적으로 널리 알려지게 했다. 교복 차림으로 도심 영화관을 빠져나오며 라이브 공연과 음악 인생이 담긴 다큐의 여운에 발걸음이 둥둥 떠다니던 기억이 난다.

"I Have a Dream~", 그들의 노래를 따라 부르던 옛날은 가고 없어졌다.

아바의 소식에 오래 전 십 대 소녀와 더불어 살던 노래를 떠올려 본다.

그녀의 귀를 처음 적신 팝 음악은 〈The Music Played〉다.

턴테이블이 있는 큰 전축에 유일한 팝 레코드로 아다모의 LP 판과 매트 먼로의 EP 판이 있었는데, 작고 앙증맞은 EP 판에서 흘러나오는 노래는 무척 감미로웠다. 탁성을 튕기면서 부르는 아다모의 〈눈이 내리네Tombe La Neige〉보다는 혀를 굴리는 먼로의 부드러움이 그녀의 마음을 더 많이 감싸주었던 것일까. 〈The Music Played〉와 함께할 땐 언제나 먼 미래의 어느 낯선 골목을 서성거렸다.

또 하나의 노래 〈What is a Youth〉를 빼놓을 수 없다. 올리비아 핫세 주연의 영화 〈로미오와 줄리엣〉 속 로미오와 줄리엣이 처음 만나는 장면에 흐르던 아름다운 선율을 어떻게 잊겠는가. 가사를 달리한 여러 버전의 〈A Time for Us〉가 있지만, 모두 원곡만큼 깊이 있는 감동을 주지는 못한다. 그녀는 원곡 가수 글렌 웨스턴의 가슴을 할퀴며 파고드는 슬프고 애틋한 목소리를 오래도록 많이 사랑했다.

음악이 흐르듯 삶도 그저 흘러가는 것이라고. 다가오는 시간은 물처럼 막힘없이 굴곡진 곳은 굴곡진 대로 돌아가면서 마냥 흘러가는 줄 알았다. 밤 깊도록 소녀의 감상을 긁적이며 먼 훗날 작가가 되리라. 위대한 작가가 그려낸 사랑 이야기 주인공처럼 지독한 사랑에 빠져 헤어나지 못하고 죽어버릴 수도 있겠다며 밤을 새우며 글을 쓰는 꿈도 그렸다. 때로는 손 닿지 않는

별을 따고 싶어 천체물리학자가 되리라 꿈꾸기도 했다. 간절한 소망인지, 엉뚱한 망상인지, 아니면 막연한 그리움인지, 절박한 기다림인지, 알 수 없는 시간을 잊지 못할 노래로 적시며 보내곤 했다.

십대는 조용하면서 천천히 흘러갔다. 이삼십대와 사십대는 이리저리 부딪히면서 빠르게 지나갔고, 어느새 오십대마저 달아나는 중이다. 세월은 가도 음악은 그대로 살아 흐르는데 미지의 세계를 꿈꾸던 소녀는 어디에도 없다. 이제, 희끗희끗 흰 머리카락 쓰다듬으며 뿌리 자라지 않는 먼 나라 남의 땅에 사는 중늙은이다. 하루하루가 단조롭고 메말라가는 감성으로 점점, 무미건조해지는 일상이다.

옆지기인 남편은 학창 시절 클래식 기타와 짧게나마 연을 맺은 시간이 있다. 그에게 멋지고 곱게 늙어보자, 다시 기타를 들어보라고 은근히 부채질한 효과가 톡톡하다. 요즘 자투리시간을 기타 연주로 채우는 그를 지켜보는 재미가 제법 쏠쏠하다. 아직 눈높이에 못미치는 연주 실력이긴 하지만 그래도 몇 곡은 들을 만하니 노력하는 모습이 보기 좋다.

한동안 영화 〈13 Jours en France〉의 주제곡이 집안 가득 울렸다. 우리에겐 〈하얀 연인들〉로 알려진, 귀에 익었으나 잊힌 음악인데 오랜만이라 새삼 반갑게 들었다. 얼마 전부터 남편은 고타로 오시오의 대표곡 〈황혼Twilight〉으로 독립해 나가버린 아들의 빈방 구석진 먼지를 아침저녁 혼자 훔치고 다닌다.

고타로 오시오는 유명한 핑거스타일 기타 연주자다. 핑거스타일은 음악을 구성하는 멜로디, 리듬, 화음을 한 대의 기타로 모두 표현하는 주법을 말하는데, 그의 〈황혼〉 연주는 그 주법이 잘 드러난다. 힘이 충만한 손가락 터치는 황혼이 몰고 오는 진한 쓸쓸함을 살려내 가슴 먹먹해지도록 만든다. 한번 들은 뒤로 계속 돌려 듣게 되는 그의 연주다. 같은 음악이라도 연주자에 따라 색깔이 달라진다. 남편의 연주는 강하지 않은 대신 섬세하고 부드러워, 깊이 젖은 쓸쓸함보다는 아련히 물드는 황혼이다. 자신의 개성대로 연주하는 그의 모습이 보기에 편안하고 듣기도 좋다.

오늘은 남편의 연주 동영상을 유튜브에 올리느라 몇 시간 작업하고 영상을 열어보는데, 첫 업로드라 연주자와 촬영자 모두 어설프다. 그는 막 벗겨지기 시작한 정수리 주변과 주름 얽힌 얼굴이 밉다고 영상을 내리자 말하고, 그녀는 손이 자꾸 떨려서 영상이 흔들린다며 한번 더 찍자고 몇 번이나 다시 부추긴다. 이래저래 하루가 저물고 둘의 정성과 노력이 담긴 동영상을 보며 가슴 뿌듯함을 감출 수가 없다. 그녀와 남편, 동병상련의 두 중년에게 오래 기억될 음악이 달콤하게 흐른다.

소확행, 소소하지만 확실한 행복의 실현이다.

니스에서 3박 4일

프롤로그

니스의 첫인상은 지저분한 도시다.

예약한 호텔로 걸어가는 길은 지중해의 아름다운 도시라는 환상에서 깨어나게 한다. 역 주변엔 노숙자와 개가 퍼질러 앉거나 누워 있어 개똥과 쓰레기투성이며, 골목으로 들어갈수록 상황은 심각해 발걸음을 떼놓을 때마다 주의가 필요하다. 다행히 이리저리 발걸음을 옮기며 도착한 숙소는 소박하지만 깔끔하고 종업원은 친절하다. 프랑스 말을 알아들을 수는 없지만 부드럽게 구르는 억양 사이에 한두 단어가 낯설지는 않다.

첫날이니 길도 익힐 겸 프로메나드 데 장글레-영국인 산책로까지 걸어가 적당한 식당을 찾는다. 지중해를 배경으로 즐기는 저녁은 검은 초콜릿 맛처럼 달콤하고 쌉쌀하다.

만남 #1

프랑스는 예술과 문화의 나라다.

니스 주변에는 마크 샤갈과 페르낭 레제, 파블로 피카소의 3대 국립박물관이 있다. 우리에게 잘 알려진 화가의 삶과 예술을 모두 살펴보고 싶지만 짧은 일정이라 어쩔 수 없이 니스 마을 안에 있는 샤갈 국립박물관과 마티스 박물관을 돌아보기로 한다. 버스나 트램을 이용하면 니스 마을 안은 어디든 15분에서 20분이면 닿을 수 있는 거리다. 이동에 편리한 10회 복수 승차권을 미리 준비하고 버스를 기다린다.

마티스 박물관은 3층의 붉은 건물이다. 1층은 때마다 바뀌는 한시적인 전시장이고 2, 3층은 11개 방으로 나누어 예술가의 작품과 그의 생애에 대한 이해를 돕는 당시의 기사나 사진과 작품에 관한 이야기를 다양하게 볼 수 있는 상설 전시장이다.

마티스의 가장 대표적인 작품은 〈춤La Dance〉다. 마티스 예술의 진수인 단순함과 강렬함이 극대화된 작품 원본은 러시아 상트페테르부르크 헤리티지 미술관에 소장되어 있고, 니스엔 작품 사진과 관련된 이야기가 한 벽면이 부족할 정도로 전시되어 있다. 〈춤〉은 평면으로 구성한 화면에 극도로 단순화된 푸른 하늘과 녹색 언덕을 배치하고, 손을 맞잡고 원을 그리는 다섯 명의 무희는 붉은 색으로 표현해 색채 효과를 돋보이게 한다. 그 강렬함은 무한한 생명력과 넘치는 자유로움으로 다가와, 그림 속으로 뛰어들어 무희들과 함께 춤을 추며 돌아가게 만든다. 세상에 물든 나를 버리고 본연의 나로 끝없이 춤추는 꿈에 빠진다.

오후엔 단층의 현대식 샤갈 국립박물관을 찾았다. 니스 샤갈 박물관은 샤갈이 1952년부터 1966년까지 만든 17개의 대형 회화 시리즈, 〈낙원에서 추방된 아담과 이브〉, 〈야곱의 사다리〉 같은 성경 이야기와 주제로 메시지를 주는 연작 전체를 볼 수 있는 성서 미술관이다. 내부는 예술가의 상상력을 따라 시적인 여행을 하는 것처럼 배열, 전시되어 있으며 그림 외에도 조각, 스테인드글라스 등이 함께 전시되어 관람의 재미를 더해준다.

색채의 마술사라 불리는 그의 성경 메시지 연작은 색채를 위한 진정한 송가이며 우울함과 기쁨을 번갈아 보여주는 특별한 예술 작품이다. 생생한 색채와 꿈 같은 이미지, 감성적인 깊이와 영적인 강도를 주는, 샤갈의 강력하고 상징적인 작품 중 일부로 볼 만한 가치가 있다. 성경 연작을 보고 나오는 길에 끝내지 못한 숙제를 떠올린다. 해마다 반복되는 새해 결의와 다짐에도 아직 이루지 못한 숙제 하나. 나는 언제쯤 성경의 마지막 장을 넘길 수 있을까.

만남 #2

니스는 따뜻한 날씨와 아름다운 풍광의 휴양 도시다.

니스시의 인구는 대략 40만 명 정도로 유럽인의 여름휴가 기간을 제외하면 사람들로 북적거리는 때는 니스 카니발 기간뿐이다. 카니발은 사순절 앞에 열리는 기독교 전통 축제에서 유래된 행사로 보통 1월 말에서 3월 사이 해마다 2주 동안 열린다. 전 세계에서 모여든 악단과 배우, 무용수들이 참가하며 거대한 인형 조형물과 꽃마차, 가장행렬, 색종이 날리기, 밀가루 전쟁, 불꽃놀이 같은 다양한 볼거리와 즐길거리가 있는 행사다. 프랑스 니스 카니발은 브라질의 리우데자네이루 카니발, 이탈리아의 베네치아 카니발과 더불어 세계 3대 카니발로 꼽힐 만큼 알려진 큰 축제다.

때맞추어 2월에 니스를 방문하여 축제 열기에 흠뻑 젖는다. 신시가지와 구시가지를 연결하는 마세나 광장은 카니발 행사의 중심이며, 광장 남쪽은 지중해 해변을 따라 영국인 산책로가 길게 나 있다. 하루에 두어 번씩 마세나 광장을 거쳐 산책로를 돌면서 한가로운 시간을 보내며 니스를 만끽하는 중이다.

카니발은 해마다 주제가 바뀌는데 올해는 〈왕의 패션〉이라는 주제 아래 낮에는 꽃, 밤에는 빛의 퍼레이드가 이뤄진다. 낮에 벌어지는 꽃마차 행렬은 시간을 맞추지 못해 번번이 놓친 뒤, 사람들이 빠져나간 텅 빈 광장과 길거리에 널려진 색종이와 꽃송이를 보며 열기를 짐작하고 있다.

카니발의 마지막 밤이다. 환한 빛의 세례 속에 무르익는 축제의 밤이다. 빛의 퍼레이드 입석표를 사고 앞자리 선점을 위해 미리 줄을 선다. 올해의 주제가 왕의 패션이라 각국 왕과 대통령으로 분장한 가장행렬이 지나가는데, 익숙한 몇 개국을 제외하면 어떤 나라를 대표하는지 사실 잘 모르겠다. 여하튼 무용수의 흥 넘치는 몸짓, 디테일이 살아 있는 멋진 조형물을 보는 재미는 사람의 마음을 들뜨게 한다.

행렬의 중간쯤 눈에 친근한 차림의 무용수와 악단이 다가온다. 신명나게 노는 농악대와 사물놀이패 뒤를 따라 춤을 추며 부채꽃을 피우는 소녀들이다. 젊은 남학생으로 구성된 놀이패는 서울에서 직접 참여한 듯하고, 부채춤을 추는 소녀 중엔 금발의 소녀가 둘이나 있으니 프랑스 현지 한국문화 단체에서 참가한 모양이다. 세계적인 축제마당에 우리 문화를 알리는 그들을 보니 반갑고 뿌듯하여 행렬이 보이지 않을 때까지 손을 흔든다. 그사이 시간은 흘러 카니발의 마지막을 수놓던 불꽃이 모두 흩어진다. 사람들은 이제 집으로 돌아간다.

이별

여행의 마지막 밤은 쉽게 잠들지 못한다.

카니발의 피날레에 젖어 몇 시간을 보낸 피로감이 한꺼번에 몰려온다. 밤이 깊다. 뜨거운 물로 피로를 풀려고 서두르는데, 온몸에 힘이 빠져나가는 느낌이다. 지친 몸에 더운물을 끼얹

자, 근육이 이완되어 팔다리가 의지대로 움직여지지 않는다. 조심스럽게 몸을 닦고 나오려 하는데 순간 중심을 잃고 미끌한다. 머리를 다치지 않으려고 샤워장 벽을 짚었다. 순간, 오른쪽 손바닥이 타일 벽을 치면서 손목이 90도로 꺾이는 찰나 엉덩방아를 찧고 나동그라진 상태다.

뇌진탕을 피하여 참으로 다행이다. 놀란 가슴을 다독다독 스스로 달래며 상비약으로 가져간 진통제를 먹어본다. 통증이 심하다. 뼈에 금이라도 간 것일까. 당장 응급실에 가봐야 하는 걸까. 진통제 한 알이 부족해 한 알 더 먹고는 밤새 뒤척거리다 스르르 잠이 들어버렸다.

잠깐 눈을 붙이고 아침에 보니 손목이 꽤 부어 있다. 손목이 불편해 오른손을 전혀 쓸 수가 없지만 부러진 것 같지는 않다. 집으로 돌아오는 비행기 시간이 얼마 남지 않아 인근 약국에서 처방약을 찾으니, 붙이는 파스의 일종인 티슈 젤과 고정하는 망이 같이 들어 있는 플랙터를 추천한다. 파스와 고정을 위한 그물망이 동봉된 제품은 처음 사용하는데, 티슈 젤이 잘 붙어 있어 사용이 편리하고 약효도 상당히 좋은 편이다. 집으로 돌아와 확인한 엑스레이 촬영 결과는 손목뼈엔 이상이 없고 인대만 충격으로 부어 있는 상태다. 한동안 오른손을 아끼며 쉬는 수밖에 다른 방법이 없겠다.

에필로그

영국인 산책로를 따라 걷는다.

탁 트인 시야에 오묘한 물빛이 들어온다. 해변에는 물 색깔과 잘 어울리는 푸른 파라솔과 흰 보를 덮은 야외용 테이블이 한가로이 앉아 있다. 바람은 해안을 따라 늘어선 야자나무에 걸터앉아 숨을 돌리고, 햇살은 야자수 어깨를 포근히 감싸는 따사로운 오후다. 상쾌한 기분에 해변으로 내려가 맨발로 자갈을 밟다가 다시 산책로로 올라온다. 잠시 마음에 드는 카페에서 커피 한 잔을 마시며 쉬다가 저녁 무렵 산책로 서쪽 끝까지 걷다보면 니스 해변의 석양, 멋진 지중해의 노을을 만나게 된다. 지중해의 정열이 서서히 가라앉는 아늑한 시간은 세상 근심과 걱정 모두 지워지듯 평화롭게 흐른다.

나는, 그 안온함의 추억에 젖어 지금도 영국인 산책로를 걷는다.

뮌헨의 그녀들

유방 검진 서비스를 받으라는 안내장이 왔다.

브리티시컬럼비아주 보건국은 40세 이상 여성에 해마다 하던 유방 엑스레이 촬영 무료 서비스를 언제부턴가 슬쩍 2년 간격으로 바꾸었다. 지난해 홈닥터 정기 촉진에서 이상소견이 나와 검사했으니, 이번은 1년 만이다. 서울에 있을 때 한 검진을 더 하면 열 번도 더 젖가슴 촬영을 한 것 같다. 잦은 방사선 노출로 병을 얻었다고 생각하는, 2년째 유방암과 싸우고 있는 지인이 떠올라 검사 예약을 서둘러 하지 못한다.

올해 검사를 건너뛰면 다음은 3년 뒤인데 괜찮을까, 걱정이다. 방사선 노출에 대한 두려움과 더불어 어쭙잖은 꺼림칙함에 매번 검사를 망설인다. 사실은 차가운 기계에 가슴살이 짓눌리고 피부색과 말이 다른 생면부지의 낯선 손이 맨몸에 닿는 것이 싫고 불편하여 늘 주저하다가 검사를 받는다. 아직은 별문제 없이 건강하기에 내뱉는 행복한 비명 같지만 솔직한 심정이다.

여행하다보면 실물 크기 청동상을 여기저기에서 만난다. 요즘은 지역관광산업을 위해 지어낸 얕은 속설이나 내려오는 오랜 전설 때문에 중요 부위가 사람 손을 타 속살이 훤히 드러나고 반질반질해져 보기에 민망한 동상이 많다. 그중 오른쪽 젖가슴이 벗겨져 반짝거리던 뮌헨의 줄리엣 동상이 기억에 남는다.

뮌헨의 줄리엣은 이탈리아 베로나에 있는 줄리엣 상의 복제품이다. 1974년, 셰익스피어 비극의 배경인 베로나 시의 한 은행 설립 150주년을 기념해, 뮌헨시에 기증됐다고 한다. 베로나의 줄리엣은 오른쪽 가슴을 만지면 연인들의 사랑이 결실을 본다는, 뮌헨의 줄리엣은 왼손에 꽃을 쥐어주면 행운이 따른다는 이야기가 있다. 낯선 도시를 방문한 관광객에게는 꽃을 구하기보다는 그냥 가슴을 만지는 것이 손쉬운 일일 테다. 두 도시의 줄리엣 상 모두 오른쪽 가슴이 보기에 민망하도록 닳아 있다.

중앙역, U반을 빠져나오니 뮌헨 도심은 봄비로 젖어 촉촉하다. 마리엔 광장으로 향하는 길은 부슬부슬 흩어지는 빗줄기로 서투른 초행길에 우산을 쓰기도, 계속 비를 맞기도 애매한 상황이다. 몇 번 골목을 돌아 광장에 들어서자 유명한 신 시청 청사 시계탑 속 인형이 돌아가며 움직이고 있다. 별스럽지도 않은 쇼를 보겠다고 많은 관광객이 모여 비를 맞고 있더니 끝나기가 무섭게 순식간에 모두 사라진다. 텅 빈 마리엔 광장을 뒤로 하고 동쪽 구시청사 아치형 통로를 건너가자, 한쪽 골목 옆 모퉁이에 아름다운 여인이 하나 우뚝 서 있다. 줄리엣 청동상이다.

비에 젖은 줄리엣은 관심을 얻지 못한 탓에 쓸쓸한 느낌이다. 한동안 발걸음을 묶고 바라보니 속살이 완전히 드러난 오른쪽 가슴이 추워 보인다. 그나마 접힌 왼쪽 팔에 누군가 걸쳐 놓은 튤립 몇 송이가 아직 싱싱하여 다행이다 싶을 때, 비슷한 키의 앙증맞은 여자아이 둘이 다가왔다. 쌍둥이 형제인 듯 아닌 듯, 색깔 맞춤을 한 아이들의 옷차림에 힘을 얻어 갑자기 주위가 화사해진다. 어린 다리에 딱 붙는 쫄쫄이청바지와 꽃분홍 발목 부츠, 녹색 패딩 후드점퍼와 분홍과 하늘색으로 줄무늬진 방수 후드점퍼의 묘한 조화로 놓칠 수 없는 장면이 연출된다.

아이들의 아빠는 사진을 찍고 난 뒤 멀찌감치 물러나 있다. 한 아이는 줄리엣의 얼굴을 쳐다보며 그녀의 오른손 손가락을 살짝 잡고, 다른 아이는 그녀의 꽃을 만지작거리며 무슨 말을 하는 것 같다. 비를 맞은 줄리엣을 위로하는 것일까. 아이들 표정은 볼 수 없으나 동심에 답하는 듯한 그녀의 표정은 자애로운 어머니 같다. 놓치고 싶지 않은 순간, 등을 돌린 아이들 모습과 마주 보는 그녀를 얼른 하나의 앵글 속에 담는다. 고정된 채 한참 머물러 있는 아름다운 그림이다.

더는 줄리엣의 몸이 몰지각한 나그네의 손을 타지 않았으면 좋겠다. 어른들은 자신의 복이나 사랑을 기원하며 생각 없이 여인의 가슴살을 함부로 만지는 횡포를 저지르는데, 동심은 그저 순수하게 바라보기만 할 뿐이다. 뮌헨에서의 가장 기억에 남는 추억은 줄리엣 상과 함께한 여자아이 둘을 만난 일이다. 나이들면서 마음에 묻은 삶의 때를 느낄 때마다 뮌헨의 그녀들을 되새김질한다. 마음에 묻은 때는 몸에 독소를 뿜는 원천이다. 몸은 늙어가지만, 몸속에 찌꺼기가 묵지 않도록 쉬지 않고 가꾸어야 한다. 오늘 하루도, 뮌헨의 그녀들, 줄리엣 상과 두 여자아이를 추억한다.

주저하던 유방 검진 날짜와 시간을 예약했다.

유방 엑스레이 촬영은 오래 전, 처음 검사받을 때보다는 불편함이 많이 줄었지만, 여전히 망설여지는 검진이다. 젊고 살집이 있던 가슴을 짓누르고 쥐어짜는 일을 여러 번 하다보니 가슴이 점점 작아진다고, 살이 빠지고 주름이 생겨버린 가슴을 변명하는 핑곗거리다. 여하튼, 검사한 일주일 뒤에는 정상이라는 결과 편지가 오기를….

바다로 가는 길

당신은 바다를 마주하면 무슨 생각을 합니까.

삶의 길을 걸으며 만났던 여러 바다를 떠올립니다. 어릴 적 기억 속 바다는 부모와 형제가 함께 머물던 정겹고 따스한 봄날이지요. 친구와 더불어 떠났던 질풍노도의 바다는 찬란하여 눈부시던 여름날이고, 분신 같은 내 아이와 마주 앉아 노를 젓던 바다는 계절이 바뀌는 환절기 중간쯤이 아닐까요. 벌써 가을인가 싶어 긴소매 옷을 준비한 지 한참 지났습니다.

지금 희끗희끗한 머리카락 쓸어넘기며 당신과 나란히 앉아 바라보는 바다는 아직 가을에 머물러 있는지, 이미 겨울의 문턱에 들어섰는지 알 수가 없습니다.

오늘 발길이 닿은 바다는 유난히 물빛이 곱고 잔잔합니다. 알라 모아나 해변은 바다를 적시는 노을이 아름답기로 유명하여 웨딩 촬영의 명소로 알려졌지요. 잠깐 사이에 하늘을 붉게 물들인 해는 황금빛이 되어 수평선 아래로 미끄러져 들어갑니다. 사랑이 넘치는 어린 커플의 실루엣을 프레임 속 찰나로 포착하는 순간, 커다란 동그라미 하나가 수평선 너머로 툭 떨어졌습니다. 바다는 검은 물이 들고 있네요. 어둠 속에서 찰랑이는 물결처럼 생각이 꼬리를 달고 일렁거립니다.

칠흑의 저 장막을 헤치고 먼바다를 다 건너면 고향 땅에 닿을 수 있을까요. 아직 여전하신 어머니와 매번 반갑게 맞아주는 형제는 항상 한 자리를 지키고 있는데 파도에 밀려오는 고향 소식은 연일 어수선합니다. 시끄러운 정국에 국민의 마음마저 갈라져 어지럽고 혼란스럽네요. 둘로 틀어진 마음은 심사숙고와 균형적 사고를 하는 여유가 없으니 그저 자신이 보고 싶은 것만 보고, 듣고 싶은 말만 가까이합니다. 여태껏 한발 비켜선 정치문외한이지만 타향에서 만난 몇 안 되는 고향 사람이 서로 정견을 나눌 수 없는 상황이 안타깝습니다.

어느새 20년 세월이 훌쩍 흐른 밴쿠버살이. 밴쿠버는 지루하고 우울한 겨울 우기 한가운데 들어 있어 잠시 호놀룰루행 비행기에 올랐습니다. 며칠의 짧은 여행은 오아후섬 전체를 훑어보기에 역부족이지요. 하와이에서 골프 아니면 할 게 뭐가 있냐고 말하는 사람, 쇼핑과 먹거리 명소를 줄줄이 꿰어 알려주는 사람도 있지만, 가성비를 생각하는 여행엔 쓸모없는 정보입니다. 오아후 여행이 처음이니 꼭 방문해야 할 장소로 폴리네

시안 문화센터와 진주만, 태평양 국립묘지를 리스트에 넣었습니다.

폴리네시안 문화센터는 문화와 전통을 소개하는 테마파크이지요. 폴리네시아의 여러 섬, 하와이, 타히티, 뉴질랜드, 통가, 사모아, 피지의 전통 생활문화를 하루 종일 둘러보며 체험해볼 수 있는 다양한 프로그램과 저녁에는 하루를 마무리하는 〈하쇼〉 야외 공연이 있습니다. 하쇼는 폴리네시아의 신화와 전설, 역사를 연기, 춤, 노래와 음악에 담아 이야기로 엮은 종합 예술로 무척 흥미로운 볼거리입니다.

진주만은 태평양전쟁의 역사를 한눈에 볼 수 있는 유서 깊은 곳이지요. 1941년 12월 7일. 일본 항공기의 기습 공격은 제2차 세계대전에 미국이 참전하게 된 계기입니다. 그날 침몰한 미국 전함 애리조나 선체의 부식된 잔해와 목숨을 잃은 1,177명 이름이 새겨진 추모벽을 보니 우리와 무관하지 않은 역사에 가슴이 뭉클해집니다. 한편, 전함 미주리는 1945년 일본이 항복문서에 서명함으로 세계대전을 끝낸 장소입니다. 애리조나호와 미주리호 기념관을 돌아보면서 바라본 진주만은 깊은 역사적 의미를 담은 만큼 짙푸른 너울이 내내 출렁대고 있습니다.

태평양 국립묘지는 화산 분화구 모양에 따라 일명 '펀치볼'로 불립니다. 펀치볼 국립묘지는 하와이 말로 희생의 언덕이라 일컫는데, 분화구 바깥쪽 가장자리 높은 언덕에 오르면 시원하게 펼쳐지는 멋진 풍경에 가슴이 탁 트입니다. 동쪽으로 내려보이는 기다란 분화구인 다이아몬드 헤드와 호놀룰루 도심 스카이라인에 이어지는 비취색 바다가 한눈에 들어오지요. 마음에 묻은 때를 모두 씻어낸 듯 가벼운 발걸음이 묘역으로 이어지는데 아름드리 정원수가 줄지어 길을 내는 전경은 평화롭고 아늑하여 가슴에 온기를 더하지요. 먼저 한국전 무명용사들의 묘를 찾아 깊이 고개를 숙였습니다. 정성껏 손질해놓은 묘역들 사이 기념비와 동상, 지난 전쟁의 역사적 이해를 돕는 벽화와 안내문에 숙연해지며, 우리가 누리는 오늘은 전몰 영령들이 치른 희생의 대가임을 잊지 않으려 마음에 되새겨봅니다.

희생의 언덕 입구에는 링컨 대통령의 게티즈버그 연설 기념비가 수문장처럼 세워져 있습니다. 1863년 남북전쟁 중, 링컨 대통령의 게티즈버그 연설은 미국 역사에서 민주주의의 중요한 가치와 미국 연방의 의미를 강조하였지요. 링컨 대통령은 연설을 통해 민주주의의 핵심 이념인 "국민의, 국민에 의한, 국민을 위한 정부"란 유명한 말을 남겼습니다. 우리의 땅에서 국민의, 국민에 의한, 국민을 위한 정부가 사라지지 않도록 최선을 다해야 한다는 그의 말은 시대와 국가를 초월하는 진리입니다.

전통적인 가치관과 규범이 무너진 21세기 현대사회에 민주주의의 가치를 존중하고 지키며 국민을 위해 애쓰는 정치인이 얼마나 있을까요. 나라 안에선 여야 정당의 불협화음이 그치지 않고 밖은 경제적 힘을 자랑하는 무역전쟁이 한창이지요. 자기 중심적인, 권력에 탐욕적인, 민주적 책임감이 부족한 독재적인 성향의 정치인 등이 벌이는 무미건조한 난리법석은 우리를 지치게 하지요. 국제화시대에 지구촌의 하나된 국민, 우리를 위한 정부는 어디에서 무엇을 하는지 궁금합니다.

알라 모아나 해변에 앉아 검은 바다를 봅니다.

알라 모아나는 하와이 말로 '바다로 가는 길'이라 합니다. 바다로 가는 길은 어둠의 장막을 두르고 있습니다. 누군가 바다를 보며 받는 느낌은 그 사람이 삶을 바라보는 관점이라 하지요. 폭풍이 몰아치는 바다에서 어떤 사람은 방향을 잃고 두려움에 허우적거리고, 다른 누군가는 미지의 세계를 꿈꾸며 벅찬 계획을 세우기도 하겠지요. 파도는 우리를 물속 깊은 바닥에 가라앉힐 수도, 수면 위로 끌어내어 전혀 낯선 땅으로 인도할 수도 있습니다. 바다는 우리가 이해할 수 있는 것보다 훨씬 깊고 넓게 다가옵니다. 말이 없는 밤바다를 바라보며 생각합니다. 우리가 길을 돌아 바다에 닿은 물이라면, 우리는 물 한 방울이 되어 다시 길을 떠날 수도 있겠지요.

내일은 수평선 위로 상큼하게 떠오르는 아침 해를 만날 수 있을까요.

제6장

민들레처럼

민들레는 어느 길 위에 또 지친 어깨를 누일까.
씨를 묻으면 어김없이 꽃을 피우는 민들레처럼
우리 삶도 언제나 꽃을 피울 수 있으면 좋겠다.

비 오는 날

밴쿠버에 온 지 몇 달이다.

눈 설고 손이 선 중에 가장 당혹스러운 일은 길 위에서 만난다. 운전할 때 비보호좌회전은 융통성이 많은데 유턴은 그렇지 못하다. 유턴 표지판을 찾을 수 없어 길을 잘못 들게 되면 항상 우회전해서 돌아나온 다음 다시 좌회전한다. 상황에 따라 유턴을 할 수 있는 곳이 분명 있을 텐데 표지판이 없으니, 먼 길을 돌아 시간 낭비를 할 수밖에 없다. 누가 말하기를 '하지 말라는 것 외에는 다 해도 상관없다'지만, 나의 원칙은 '하라는 것 외에는 하지 않는다'이다.

운전면허와 보험도 문제다. 단기 방문객은 국제운전면허증으로 운전과 보험 처리가 가능한데, 장기로 비자를 받아 입국한 사람의 국제운전면허증은 보험 혜택에 차이가 있다. 브리티시컬럼비아주 법의 캐나다 면허증으로 교환하지 않으면 보험을 들어놓아도 소용없다고 한다. 이런 사실을 자동차 판매 회사나 보험회사에서 일하는 사람 아무도 알려주지 않아 입국한 지 두 달이 지나서야 알게 되었다. 뭐든 내가 모르면 당하는 것이 세상 이치다. 조급한 마음에 혼자 운전면허증을 교환하러 갔다.

우리 대사관에서 받은 한국운전면허 공증 서류와 여권, 비자를 내밀자, 잠시 서류를 살펴보더니 메모지에 주소를 적으란다. 그냥 주소를 적어주었으면 끝날 일을 한마디 던진 것이 일을 꼬이게 했다. 비자의 이름과 한국운전면허 공증 서류의 이름이 달라 나중에 문제가 될까, 우려한 마음이 더 큰 화를 부른 것이다. 이민국에서 비자를 줄 때 남편의 성씨를 나의 성으로 잘못 기록했다는 생각에 "이민국에서 실수했다, 남편의 성은 표기에서 빼면 좋겠다"고 말하자 친절하던 담당자의 표정과 태도가 돌변했다. 그녀는 뭔가 의심을 하는 눈초리로 주소 적은 쪽지를 돌려주며 자기는 처리할 수 없으니, 비자의 이름을 고쳐 오라고 냉정하게 말한 뒤 외면해버렸다. 말이 어설픈 동양인이 쓸데없는 말로 그녀의 자존심을 건드린 것인지, 아니면 무슨 범죄자처럼 사람을 함부로 취급하는 것일까.

쫓겨나는 기분으로 급히 운전면허증 사무실을 벗어났다. 마음이 시린 탓인지 비바람이 자꾸 옷깃을 파고들어와 한참을 떨며 서 있다보니, 나도 모르게 오기가 생겼다. 비자의 이름과 공증서의 이름이 서로 다른 것이 문제라면 굳이 어렵게 이민국에 가서 이름을 고칠 필요가 없다는 생각에 발걸음을 서둘러 우리 대사관에 다시 갔다. 이민국보다 일을 쉽게 풀 수 있겠다 싶어서 전후 사정을 설명하니 비자의 이름에 맞춰 운전면허 공증을 새롭게 해주었다.

곧바로 면허 사무실로 돌아가서 같은 직원에게 아무 말 없이 서류를 제출했다. 두 번째는 주소를 적은 쪽지까지 한꺼번에 내밀자, 모든 일이 일사천리다. 임시 면허증을 받아들면서 그 담당 직원을 한번 더 빤히 쳐다보며 무언의 항의를 보냈다. 우리가 흔히 백인이라고 부르는 코케이션, 아니면 밴쿠버 시민의 자만심일까, 나를 기억에도 없다는 듯 모르는 척, 아무 일도 없었다는 듯 무덤덤하다. 그녀에게 보란 듯이 가슴을 활짝 펴고, 이제 나도 넓은 의미의 밴쿠버 시민임을 말하듯 면허사무실을 당당히 걸어나왔다.

어느 사회에서나 쉽게 만나는 상황일 테다. 자기 편의만 쫓는 사고방식과 자신이 가진 권력을 휘두르는 은근한 횡포는 사람들 사이에 점점 두꺼운 벽을 쌓고 있다. 넓게는 국가 간의 현실이고 좁게는 한 나라의 정치와 경제, 사회 전반에 걸친 낡은 구습이다. 여기 밴쿠버 교민사회도 마찬가지다. 유학생이나 최근의 이민자 가족을 질시 혹은 경시의 상반된 감정을 깔고 은근히 배타적인 행동을 보이기도 한다. 낯설고 말이 달리는 사람의 자격지심 위에 큰 상처를 안기는 사람이 같은 교민일 수도 있다.

생각들 사이로 버스 두 대가 지나갈 시간이 흘렀다. 비가 오는 탓인지 차들의 경적, 소방차와 경찰차의 사이렌 소리가 끊이지 않고, 저쪽 롭슨 거리에선 전기요금 인상에 반대하는 데모가 한창이다. 시내의 풍경은 어디를 가나 복잡하기에 승용차를 세워두고 와 추위에 떨며 오지 않는 버스를 기다렸다. 방향이 같은 백인 아주머니의 확인 전화로 '기사가 편의를 위해 일시적 노선변경을 한 것 같다'라는 버스회사의 답을 듣고 우리는 두 블록을 돌아가서야 원하던 버스를 탈 수 있었다.

비 오는 한나절 면허증 때문에 도심을 허둥대고, 버스 때문에 시간을 허비했다. 선진국이라 믿고 온 밴쿠버 새내기에게 어떤 면에서는 캐나다가 더 후진국에 가깝다고 느낀 힘든 하루였다. 오늘 같은 일은 밴쿠버가 아니라 서울에서도 얼마든지 일어날 수 있는 일이다. 어느 도시든 사람이 주체이고 사람이 사는 곳은 항상 크고 작은 문제들이 가득하다. 단지 운이 나쁜 하루일 뿐 쓸데없는 편견에 의한 질타는 하지 않으련다.

시간은 흐른다. 낯섦은 흐르는 세월 속에 익숙함으로 변하지 않겠는가. 언젠가 밴쿠버 새내기Newcomer도 친숙한 밴쿠버 사람Vancouverite이 될 것을 믿는다.

동가홍상 同價紅裳

낡은 수필 한 편이 불편하다. 흐르는 시간 앞에 현실과 괴리를 갖는 글이 부끄러워 새로운 각오를 다진다. 무릇 글이란 가는 세월과 무관하게 감동을 주고 설득력이 있어야 오랜 생명력을 가지며 살아 있는, 진정한 글이 아니겠는가. 늙고 낡아버린 수필이 아쉬워 천착과 퇴고를 보탠다.

음식으로부터 향수를 떠올릴 때가 있다. 밴쿠버는 한인들이 많아 웬만한 우리 음식을 쉽게 맛볼 수 있는 곳이다. 그러나 휴일 점심때면 생각나는 짜장면 한 그릇의 향수를 어디에서 달랠 수 있는지 아직 모른다. 한인센터 2층 식당에서 먹어본 짜장면은 전혀 내가 그리던 맛이 아니다. 색깔은 희멀겋고 양념이 하나 빠진 듯 밍밍하여 고향에서 먹던 특유한 맛과 다르다. 싼값으로 언제 어디서나 쉽게 맛있는 짜장면을 먹을 수 있던 시간이 새삼 사무친다.

친분이 있는 한 가족으로부터 믿을 수 없는 말을 들었다. 얼마 전, 캐나다로 이민 온 지 2년 만에 처음 고국을 방문했을 때, 그들은 서울에 머물면서 이십여 일 계속하여 짜장면과 짬뽕을 점심으로 먹었다고 한다. 거짓말 같은 얘기지만, 예전에 아들이 하던 말과 통한다. 아들은 그때 7개월밖에 떠나 있지 않았는데도 방학을 맞아 귀국하면 매일 짜장면만 먹겠다고 했다. 여러 우리 전통음식을 두고 짜장면이 왜 그렇게 그리운 것일까.

짜장면은 중국에서 유래되었지만, 중국 본토의 맛이 아니라 우리 입맛에 맞춰 우리 식으로 달라졌다. 고기와 각종 채소를 춘장에 볶아 만든 소스를 한꺼번에 버무려 어우러진 맛, 은근한 단맛의 소스, 춘장의 간이 적당히 밴 짜장면은 우리 음식의 한 자리를 엄연히 차지하고 있다.

짜장면은 누구나 즐겨먹는 음식이다. 짜장면 한 그릇 값으로 한 끼 식사를 할 수 있는 다른 음식은 그리 많지 않다. 부담 없이 사먹을 수 있는 친숙한 음식이다. 어머니의 된장찌개나 김치처럼 손맛이 입에 딱 맞는 음식이 어디 있을까. 세월이 변해도 여전히 어릴 적 고향에서 먹던 음식이 생각난다. 외국에 나와 있으면서 고향에서 먹던 우리 식 짜장면을 그리워하는 것은 당연한 일이다.

　음식의 맛은 요리하는 사람의 손에 따라 다르다. 고향에선 짜장면의 맛이 식당마다 비슷한 듯하면서도 나름의 풍미를 자랑하는데, 밴쿠버 한인 중식당 짜장면에선 그 식당만의 손맛을 찾기가 쉽지 않다. 우연한 기회에 입소문을 타고 있는 한 곳에서 식사할 기회가 있었다. 다른 요리들은 그만그만하였으나 짜장면은 너무 달아 춘장 소스의 제맛을 느낄 수가 없어 역시 아쉬웠다.

　도심의 B반점 짜장면이 맛있다는 말도 많이 듣는다. 몇 차례 맛의 실패를 경험한 탓도 있지만, B반점이라는 상호가 마음에 들지 않아 그곳엔 갈 생각을 않는다. 여기는 밴쿠버가 아닌가. 밴쿠버 한인 중식당의 상호에 굳이 중국 도시 이름을 붙일 필요는 없다. 이왕이면 다홍치마다. 상호를 서울반점이나 부산반점으로 바꾸면 좋겠다. 우리 식 짜장면을 먹으러 북경이나 상해보다는 서울이나 부산으로 가고 싶다.

　상호와 간판에 얽힌 바람이 하나 더 있다. 주말이면 멀리 있는 베이커 산을 바라보며 하루를 보낸다. 가끔 시간이 지루하면 길 건너편 태권도학원을 기웃거리는 것도 습관인데, 처음엔 간판에 가라테라고 영어로 쓰여 있어서 그냥 지나쳤다. 우연히 유리 창문 안을 들여다보고 놀랄 수밖에 없었다. 건물 안 한쪽 벽 가운데 우리나라 국기인 태극기를 걸어놓았고 코리안 예술, 태권도라는 영어 글씨가 태극기 아래 쓰여 있는 게 아닌가. 또 우리말 구령에 따라 열심인 아이들을 가만히 보고 있으니 놀랍기도 하면서, 쓸쓸하기가 이루 말할 수 없었다.

봄날 거리마다 만발하는 벚꽃처럼, 밴쿠버는 아직도 태권도보다 가라테가 익숙한 곳임을 깨닫는다. 머지않아 간판 위의 태권도란 한글 표기가 가라테 같은 로마자 표기보다 더 눈에 띄는 글씨로 훨씬 당당히 쓰이기를 마음속 깊이 바란다. 짜장면 한 그릇의 향수가 베이커 산에 비를 내린다. 숲은 멀리 있을 때 아름답고, 고향은 떠나 있을 때 비로소 절실하다. 외국에 나와 있으니, 거리의 상호와 간판 하나에서도 느낌이 남다르다.

그것은, 유감에 빠지는 어리석음이 아니라 동가홍상의 사소하지만 큰바람이다.

민들레처럼

천지간에 민들레가 바람을 일으킨다.

노란 민들레 꽃물결 끝이 없더니, 어느새 허옇게 부풀어오르는 민들레가 사방에 그득하다. 허공에 눈처럼 펄펄 날리는 민들레 홀씨를 본다. 밤이 깊어도 푸른 밤하늘 아래 엷은 속살을 보이며 날아다니는 씨앗들이 보인다. 그렇게 떠돌다 어디든 내려앉으면 씨를 묻는 민들레처럼 우리네 삶도 자유로우면 좋겠다. 어디든 씨를 묻으면 꽃을 피우는 민들레처럼 우리 삶도 마냥 꽃이 만발하면 좋겠다.

늦은 저녁을 먹고 산책하는 길이다. 바람은 기분이 좋을 정도로 불어오는데 민들레 홀씨가 시야를 가린다. 지대가 낮은 축구장 잔디 위에는 마치 하얀 모시 천을 깔아놓은 듯, 수 없는 그것들이 내려앉아 있다. 길이 난 곳이면 길섶마다 몽실몽실 모여 앉아 하나의 작은 길을 만들고 있는 그들을 본다. 지천으로 흐드러진 자연스러움이 놀랍다. 막 앞서가던 한 여인이 늙은 꽃대를 조심스럽게 꺾어 자기 반려견 앞에서 '후' 입김으로 흩트린다. 아름다운 풍경이다. 오래오래 기억하고 싶어 가슴 깊은 곳에 꾹꾹 눌러 사진으로 담아놓는다.

계곡 물소리를 따라 발걸음이 가벼워진다. 며칠 전에는 보지 못했던 경고 표시판에 곰이 나왔다며 길이 없는 숲으로 들어가지 말라는 경고문이 쓰여 있다. 곰이 바닷가까지 내려온다는 말이다. 여기서는 곰이 음식 냄새를 맡고 쓰레기통을 뒤진다는 얘기가 흔하니 사람들이 주의하는 수밖에 달리 방법이 없는 것 같다. 찔레 장미 넝쿨 길을 따라가다 바다를 보니 물이 빠진 갯벌에 물새들이 먹이를 찾느라 열중이다. 꺼이꺼이 소리와 함께 갈매기 한 가족의 느긋한 비행도 본다.

다시 숲속 길을 걷는다. 앞뒤로 스치는 다양한 피부 색깔의 사람이 걷거나 달리는 모습도 다르지만, 들리는 말도 각양각색이다. 영어뿐 아니라 프랑스어와 중국어, 스페인어, 저만치 앞서가는 동양인의 뒤로 우리말 소리도 언뜻 들린다. 건너편 산 꼭대기엔 저녁 해가 아직도 붉은 눈을 밝히고 있는데, 시곗바늘은 정각 9시를 가리킨다. 사방이 평화롭다 못해 흐르는 시간마저 멈춘 것처럼 고요하다. 그래, 이런 여유로움과 평화를 꿈꾸며 사람들은 이 도시로 모여드는구나. 살기 좋은 도시, 밴쿠버에 사는 사람들을 생각한다.

　다양한 이민자와 유학생, 방문자들이 저마다의 사연을 안고 밴쿠버에 뿌리를 내리려 안간힘을 쓴다. 가끔 우리의 서울은 너무 분주하여 오히려 삭막하고 살풍경하게 느껴진다고 말하는 사람을 만난다. 그 분분함이 토대가 되어 오늘의 서울이 있음을 까마득히 잊은 사람이지만 긍정적으로 밴쿠버의 현실에 만족하고자 노력하는 사람이기도 하다. 애쓰며 노력하는 그에게도 이곳의 삶이 쉬워 보이지는 않는다. 우리네 삶에 쉬운 것이 어디 있으랴마는 기회는 턱없이 부족하고 언어의 장벽은 끝없이 높기만 하다. 여기에 뿌리를 내리려면 여유를 가지고 느긋하게 기다려야 하고, 마음의 무거운 욕심을 버리고 가볍게 사는 법도 배우고 깨달아야 한다.

　밴쿠버는 자연의 아름다움과 생활의 여유, 삶의 자유를 쉽게 주지 않는다. 이민의 꿈을 안고 떠나온 지 2년 만에 남편만 다시 고향으로 돌아간 가족을 본다. 도저히 생활의 길이 보이지 않아 돌아갈 수밖에 없었고, 남편은 3년째 서울에서 사업을 하고 있다. 주변에서 흔하게 보이는 풍경이다. 가장 쉬운 방법이면서도 가장 힘든 선택을 한 현실이 안타까울 뿐이다. 얼마 전 어느 기러기아빠의 갑작스러운 죽음처럼, 이민이든 유학이든 해체된 가정을 보는 일은 마음이 편치 않다. 밴쿠버는 비싼 값을 치러야 얻을 수 있는 여유로움과 자유로움을 간직한 도시다.

밤이 깊어도 밤하늘은 늘 푸르다. 푸른 밤하늘 아래 허연 속살을 드러내며 떠도는 민들레를 본다. 오늘 밤, 민들레는 어느 길 위에 또 지친 어깨를 누일까, 바람의 끝자락을 살핀다. 바람처럼 떠돌다 어디든 내려앉으면 어깨를 묻는 민들레 같은 삶을 생각한다. 씨를 묻으면 어김없이 꽃을 피우는 민들레처럼 우리 삶도 언제나 꽃을 피울 수 있으면 좋겠다.

말의 돌

사람의 느낌이나 생각을 전달하는 수단은 언어다.

언어, 말은 습관이다. 생활 속에서 터득하여 습관이 되는 소리와 학교 교육을 받으면서 배우는 문자가 다 말이다. 말로써 우리는 의사를 소통하고 역사를 쓰고 있다. 시대는 세계가 하나로 나아가고 있는데 애석하게도 말은 나라마다 다르다. 그 때문에 오늘날 많은 사람이 외국어 공부에 머리를 싸매는지도 모른다.

우리 세대는 외국어 공부가 얼마나 어려운지 모두 안다. 10년 가까이 영어 공부를 해도 간단한 회화 한마디 제대로 못하지 않던가. 외국어를 학교에서 문자 공부로만 익혔던 시행착오다. 생활에 습관이 되어야 할 소리 공부의 중요성을 깨달은 요즘 부모들은 자녀의 외국어 교육에 다양한 노력을 기울인다.

어쩌다 나는 밴쿠버에서 생활하고 있다. 큰 어려움이 말쓰기임을 부인할 수 없는 현실이고, 일상에 불편 없이 말을 쓰던 사람이 말이 굳어 애를 먹는 일을 피할 수 없다. 미리 준비하고 왔든, 그렇지 않든 여기 생활에서 부딪치는 당황스러움은 누구나 마찬가지일 테다. 서너 살 먹은 아이보다도 더 마음을 표현하지 못하는 순간 말은 습관임을 절실히 깨닫게 되고 어쩔 수 없이 늦은 영어 공부를 시작할 수밖에 없다. 한편으로 밴쿠버는 교민이 많아 별문제 없이 살아갈 수도 있겠지만, 그래도 영어를 배우겠다고 몇 년씩 열심히 공부하는 사람들이 있다.

대개는 학창 시절 교양과목으로 마침표를 찍었을 외국어가 아닌가. 30~40년씩 모국어의 습관에 젖어 있던 아줌마가 영어를 익힌다는 것은 쉬운 일이 아니다. 더구나 생활 속에서 익혀지지 않는 외국어를 어찌 쉽게 길들이겠는가. 내가 다니는 ESL 학교에는 동년배 아줌마가 여럿인데, 몇 달째 그날이 그날이라고 서로 한탄하면서도 쉽게 포기하지 않는다. 우리는 지금 바벨탑을 쌓고 있는지도 모르겠다.

『구약성서』 창세기의 바벨탑 이야기가 재미있다. 옛날에는 사람들이 다 같이 하나의 말을 사용했는데, 노아의 대홍수 뒤에 사람들이 하늘에 닿는 탑을 쌓으려 하자 하나님의 노여움이 사람들의 말을 온통 뒤섞어버렸다고 한다. 서로 의사소통이 되지 않은 사람들이 흩어지고 탑은 무너지고 말았으며, 그때부터 민족마다 다른 말을 사용하게 되었다는 얘기다. 우리는 말의 돌이 바벨탑처럼 무너지지 않도록 욕심을 버려야 하겠다.

　습관의 기억은 자유롭게 말소리를 조작할 수 있고 생활의 습관은 말의 주인이 되게 한다. 일상생활이 되지 않는 말은 내 것이 아니며 내가 주인이 되지 못한다. 일주일에 겨우 며칠 한두 시간 공부하고 남의 나라말을 우리말처럼 하겠다는 생각은 오만이다. 그렇다고 삶을 함부로 내버려둘 수는 없지 않은가. 어디에 살든 말의 주인이 되고 싶다. 어리석은 꿈일지라도 영어로 말하는 습관에 길들기를 애쓴다.

　지금도, 어설픈 외국어의 돌을 쌓고 있다.

단풍잎 소고 小考

TV 저녁 뉴스에 캐나다 단풍잎 하나와 소년이 화제다.

소년 요셉이 주운 단풍 이파리는 34×29㎝ 크기로 기네스북에 오를 예정이다. 평소 기네스북을 즐겨 읽던 소년이 공원에서 초대형 낙엽을 발견하자 가족은 사진을 찍어 지역신문에 기고했다. 기사를 접한 관계자들이 새로운 카테고리를 만들어 올릴 계획이므로 그가 주운 잎사귀는 세계에서 가장 큰 단풍잎으로 기록될 전망이다.

요셉은 인터뷰 기자에게 학교에서 친구들이 모두 부러워하고 있으며, 친구들은 더 큰 잎새를 찾으려 애쓴다고 털어놓는다. 어머니의 말이 더 인상 깊다. 그녀는 아들이 항상 큰 꿈을 꾸었기 때문에 가능했던 일이라면서, 어른이라면 누가 낙엽을 유심히 보며 줍고, 기네스북을 생각하겠냐며 뿌듯해한다.

잎새는 계절이 다하면 흔적도 없이 잊히는 운명이다. 기록의 생명이 얼마나 오래갈지는 알 수 없으나, 이제 특별한 단풍잎 한 장만큼은 자기 존재의 흔적이 세상에 남겨지게 된다. 어린 소년의 꿈과 순수성 때문에 생긴 흥미로운 기록이다. 소년은 지치지 않고 자신의 기록을 깨기 위해 노력할 것이고, 그의 마음을 닮은 사람들 또한 대형 잎사귀를 찾는 꿈을 위해 끊임없이 헤맬 것이다. 조만간 더 큰 잎이 우리 앞에 나타나 낡은 기록을 뒤로 보내고, 다시 기록의 유서由緖는 점점 깊어질 것이 분명하다.

저녁나절 비바람에 우수수 잎을 떨구고 서 있는 단풍나무를 창 너머로 바라본다. 잠시 요셉처럼 단풍잎 꿈을 쫓는 환상에 젖는다.

몇 해 전, 한 식당에 들렀다가 가을 분위기에 흠뻑 빠졌다. 캐나다 단풍 이파리는 보통 크기가 사람 손만 한 데, 하얀 테이블 보 위에 큼지막한 낱낱의 잎들이 울긋불긋 식탁을 넉넉하게 만들고 있었다. 한낱 낙엽에 불과한 잎새들이 누군가의 반짝이는 아이디어에 새롭게 장식 소품으로 탄생한 순간이다. 떨어진 단풍잎으로 이렇게 풍성한 가을 식탁이 차려질 줄이야. 자연의 부산물을 우리 생활 소품으로 들여놓은 발상의 전환에 눈이 번쩍 뜨였다.

집에 돌아오자마자 낙엽을 주워 응접실 식탁 위에 펼쳐놓았다. 그날의 낙엽들은 지금도 바싹 마른 채로 우리 집 안에서 나이를 먹는 중이다. 해마다 벌이는 단풍놀이 때문에 3년 혹은 2년 또는 1년, 어느새 잎새들의 세월이 그렇게 늙어가고 있다. 지금도 창밖은 변함없이 떨어진 잎사귀가 수북이 쌓여 나를 유혹하는데, 일 년 사시사철 늘 가을 만찬의 상차림에 머물러 있는 응접실 식탁을 보며, 올해도 단풍 잎새를 주워 들일지 고민에 빠진다.

창밖에는 햇 단풍잎이 풍성하다. 식탁 위에는 묵은 잎사귀가 그득하지만 식탁을 장식하기는 올해 떨어진 단풍잎이 제일이다. 같은 나무에서 떨어졌다 해도 잎새의 색깔이며 모양이 그대로 살아 있는 햇것이 식탁을 확실히 멋있는 가을로 물들인다. 나는 맛깔스러운 가을 식탁에 둘러앉아 만찬을 나누는 그림을 좋아한다. 몇 년째 계속해 그해의 낙엽을 주워 모으는 이유다. 그렇다고 지나간 해의 낙엽을 내다버린 것은 아니다. 바짝 마른 잎에서 먼지가 폴폴 나기 시작하지만 해를 묵힌 것은 묵힌 대로 추억의 대상이기에 쉽사리 버릴 수 없어 간직하고 있다. 이제 발상의 전환을 다시 뒤집어야 할 때가 아닐까.

오래 묵어 색이 바랜 낙엽을 보며 나뭇잎의 삶에 대해 생각해본다. 작은 잎새 하나에도 윤회하는 삶의 흐름이 있다. 햇볕 따뜻한 봄날에 나무의 눈으로 자리하여 싹으로 태어나고, 이파리로 성장한 뒤 가을이면 색색으로 단풍 드는 나뭇잎의 한 생애. 낙엽이 되어 뒹굴다 썩으면 다시 모성의 나무로 돌아가 그

피가 되고 살이 된다. 이것은 만물이 소생하고 소멸하는 자연의 법칙이며 우주의 원리다. 한동안 한 치의 어긋남이 없이 무구한 세월을 잘 다스리고 있는 자연의 섭리를 거스르고 있었다. 우매한 생각과 허욕에 빠져 나무 잎새의 가는 길을 막고 있었다. 나뭇잎의 닫힌 나날이 얼마나 고통스러웠을까. 염치없었던 행동에 마음이 무거워진다.

이 가을, 묵은 단풍잎을 모두 떠나보내야 한다. 계절이 가기 전에 가득히 내려앉은 마음의 무게를 비워내는 의식을 치른다. 막혀버린 윤회의 숨통을 뚫는 제사 의식처럼 바싹 말라버린 잎새를 정성껏 부스러뜨린 뒤 단풍나무 아래 흩어뿌리며, 오랜 시간의 정체를 벗어나 새순으로 다시 돌아올 잎사귀의 봄날을 빈다. 헛된 욕심을 부리는 꿈은 세상에 어긋난 일을 하는 부끄러움이다. 올해는 짧은 인연을 감사하며, 못내 아쉬워도 햇 단풍잎 만찬을 한두 번쯤 즐기는 것으로 기꺼이 만족하리라.

요셉의 단풍잎도 식탁 위의 단풍잎처럼 영원할 수 없음을 안다. 이것도 우리가 살아가는 세상의 이치이며 순리다.

마음의 월든

포트 무디 산동네, 헤리티지 숲속에 작은 집이 있다. 마당엔 직접 심은 체리나무, 단풍나무, 측백나무, 나리꽃, 무궁화가 있어 철철이 새들이 찾아오고, 창밖에는 쭉쭉 뻗은 노송나무의 어깨 위로 밤하늘은 늘 푸르다. 산책할 수 있는 거리에 바다와 호수를 가진 우리 집이 헨리 D. 소로의 오두막을 닮았다는 착각에 자주 빠져든다. 소로의 『월든』처럼 숲에서의 삶은 언젠가 나만의 살아 있는 글이 되리라는 꿈을 꾸기도 한다. 헤리티지 숲은 내 마음의 월든이다.

체리나무에 하얀 꽃이 만발했다.

보슬보슬 비가 내리는 뒷마당 정경을 바라본다. 겨우내 버려 두었던 제라늄 화분은 금이 가 벌어져 있고, 나리 꽃대들은 20 ~30㎝가량 자라났다. 한쪽 담장 아래 남새밭에 덮어둔 비닐을

삐죽삐죽 밀쳐대는 기운은 지난 가을에 떨어진 상추 씨앗이나 들깨알갱이가 깨어나는 모양이다. 다른 쪽 담장을 따라 심어놓은 측백나무의 발 위에선 잡초가 수북이 민폐를 끼치고, 조막손 같은 단풍잎새들이 조금씩 펴지며 커지는 소리도 들리는 듯하다. 한 줄기 바람이 스치자 흰 체리 꽃잎이 빗방울처럼 떨어져 흩어진다.

봄이 산 중턱에 차오르도록 무에 그리 바빴는지, 내 집 정원에서 체리꽃이 하얗게 만발했는데도 꽃이 다 떨어지도록 모를 뻔했다.

5년 전 가을, 체리나무 한 그루가 이사를 왔다. 새집으로 거처를 옮기던 친구가 낡은 집 마당에 있던 체리 두 그루를 흔들어 뽑아 하나를 나누어준 것이다. 우리 집으로 온 나무는 밑둥치에서부터 휘어져 올라온 몸통뿐 아니라 뭉텅 부러져 나가버린 가지까지 모양새가 정말 형편없었다. 그래도 친구는 누구의 나무가 이듬해 봄 새순이 나는지 보자며, 살아나기만 한다면 천금을 주고도 얻지 못할 나무가 될 것이라고 떠들어댔다.

거름을 주고 비틀린 몸의 균형을 맞추며 웃자란 가지치기를 쉬지 않았더니 옮겨온 뒤 두 해째 봄에 겨우 꽃이 피었다. 일곱 송이 자그마한 체리꽃이 피었다가 떨어진 자리에 아기 손톱만 한 체리가 새파랗게 보였다. 기쁨도 잠시, 새들이 다 쪼아버리고 하나 남은 체리도 우박을 맞아 더 자라지 못한 채 고만한 크기로 붉게 여물고 있었는데, 그것도 체리인지라 향이 멀리 퍼져나갔는지 낯선 손님도 왔다.

외출에서 돌아온 오후, 무심히 마당을 보다가 깜짝 놀라 안경을 고쳐 쓰고 다시 살펴보았다. 으악! 거무튀튀한 저 덩이는? 양 손바닥을 다 벌려도 들어올리지 못할 만큼 양이 많다. 뒤뜰로 통하는 나무문은 모두 걸쇠를 눌러놓았으니 분명 이웃집 개의 소행은 아닌 듯싶다. 뒤처리하며 자세히 보니, 산 열매의 씨앗뿐 아니라 어느 집 쓰레기통에서 먹었을 빵 봉지를 묶는 철끈까지, 틀림없이 검은 곰이 찾아온 흔적이다.

몇 송이 꽃이 피었다가 떨어지고 새들새들 손톱만 한 체리만 구경하기를 석 삼 년, 드디어 체리꽃은 헤아릴 수도 없이 만발했다. 어릴 적 기억 속 능금 꽃송이보다 작아 보이는 체리 꽃송이, 느끼지 못할 정도로 은은하게 숨은 분홍빛 위로 흰 빛이 두드러지는 꽃잎들, 작고 하얀 꽃들이 수줍게 웃고 있다. 소박한 체리꽃이 참 좋다. 올해는 꽤 많은 손님이 저 꽃 탓에 찾아들 것이니 아예 그들을 순순히 맞이해야겠다. 나도 저렇게 한때 소박하게 피었다 지고 나면 체리처럼 붉은 열매를 가질 수 있을까.

소로의 『월든』을 꺼내본다. 어떤 것에도 구속당하지 않는 자주적인 소로의 인간상이 좋다. 자연을 묘사하거나 시대를 풍자

하는 문장도 아름답지만, 참다운 인간의 길을 가는 소로의 모습을 읽는 것이 더 매력적이다. 자연으로 들어간 소로의 상념이 감동을 주는 『월든』은 어느새 나의 십년지기다. 긴 세월 나의 손때를 마다치 않으며 빈 시간의 틈을 두텁게 메워주는, 변함없는 친구다.

"대체로 사람들의 사교는 너무 값싸다. 너무 자주 만나기 때문에 각자 새로운 가치를 획득할 시간적 여유가 없는 것이다."

고독의 가치에 대한 그의 생각을 다시 한번 마음에 새긴다.

소로는 우리가 너무 얽혀 살기 때문에 서로에 대한 존경심을 잃는다고 한다. 그의 생활처럼 고독만큼 친해지기 쉬운 벗도 없으니, 가까이 지내던 사람들에게서 벗어나야겠다. 온전히 자유로운 혼자가 되어 나만의 헤리티지 숲을 가꾸련다.

홀로 선 저 체리 나무처럼 풍성한 마음의 월든을 꿈꾼다.

어울림의 의미

껍데기와 알맹이, 둘은 서로 어우러진 하나일 때 살아 있는 존재가 된다.

해감할 때부터 입을 벌리지 않던 모시조개 하나가 입을 굳게 다물고 있다. 보글보글 끓는 국물이 조갯살 속을 깊숙이 들어 갔다나와야 찌개의 국물맛이 제대로 날 텐데, 조개는 여전히 꿈쩍도 안 한다. 조개의 입을 벌리려 안간힘을 다해보지만 어쩔 수 없어 껍데기를 산산 부숴버리고 속살만 집어 국물에 넣는다.

조개껍데기는 찌개에 맛을 더하진 못한다. 그래도 얌전하게 입을 벌리고 있으면 찌개를 돋보이게 하는 장식이 될 수는 있다. 된장찌개 속 조개껍데기의 아름다움은 찌개의 겉장식이 되는 덕의 가치다. 작은 미덕에 만족하지 못하고 자신의 힘을 과

신한, 못난 껍데기는 부서져 조각날 수밖에 없다. 껍데기는 알맹이와 함께 존재할 때 빛이 나고 알맹이는 껍질이와 함께 있을 때 가치가 있다.

알맹이를 빼내고 남은 조개껍데기는 어디에 쓸모가 있을까. 이리저리 궁리하다 조각난 껍데기로 화분의 흙을 덮어본다. 붉은 꽃살을 가짐으로 껍데기는 다시 살아났다. 꽃은 조개껍데기의 새로운 알맹이, 속살이다. 부서진 조개껍데기가 흙을 덮고, 뿌리를 껴안은 흙을 분盆이 감싸고, 잎과 줄기는 꽃을 피우기 위해 빛과 영양을 공급하는 노동을 함께하고 있다. 알맹이 꽃 하나를 위한 모든 껍데기의 노력이다. 껍데기의 힘이 모여서 작은 토분에 한 송이 꽃이 핀다.

꽃이 지고 나면 비로소 꽃받침이 눈에 들어온다. 시든 꽃받침은 꽃의 다른 껍데기다. 크고 튼실한 알곡 같은 꽃의 발아래 자리한 꽃받침처럼 가늘고 보잘것없이 자라나는 풀을 본다. 풀은 꽃과 더불어 사는 또 하나 꽃의 껍질이다. 꽉 찬 알맹이를 여물게 하는 것이 껍데기의 힘인 것처럼, 꽃이 탐스러운 것은 발아래 잡풀이 자라기 때문이다. 풀은 꽃과 더불어 살고 껍데기는 알맹이와 더불어 존재한다. 풀은 껍데기다.

강의 둔치에 서면 무성한 풀을 만난다. 바람은 늘 둔치를 맴돌지만, 풀은 나부낄 뿐 꺾이지 않고 날마다 쌓이는 개흙에도 뿌리를 내리고 튼튼하게 자란다. 물길을 넓히느라 흙을 파 뒤집어 엎어놓아도 누웠던 풀은 이내 중심을 잡고 일어서고, 일어선 풀은 다시 저마다의 꽃을 피우지 않는 것이 없다. 아무 힘도 없을 줄 알았던 풀이 이렇게 넉넉할 줄이야. 풀은 꽃의 껍질로서 자기 소임을 다한다.

지난 우리의 역사를 기억하는가. 흐르는 강의 여울에서 껍데기는 숨은 힘을 보여주며, 현실에 대응하는 강한 생명력의 존재로 가치를 간직해왔다. 하지만 무엇이든 극에 달하면 두려움이 생긴다. 껍데기의 본모습은 아름답지만, 껍데기의 힘이 지나치게 제도화되는 현실은 두렵다. 오늘의 껍데기는 무섭도록 황홀하다. 이제 시대는 바뀌었고, 껍데기는 새로운 시대의 미학을 배워야 할 때다.

시대의 양상에 따라 사람들의 사유는 변한다. 아름다움, 미에 대한 인식도 시대에 따라 변하고 미 또한 관습적 사유에 의해 제도화된다. 모든 삶과 사물의 영고성쇠처럼 당대에 인정받지 못한 어떤 미는 제도권 바깥에서 살아남아, 시대가 바뀌면서 제도권 안의 아름다움으로 인정되기도 한다. 지금, 우리의 삶은 깊이를 잃고 넓어진 만큼 황량하다. 알맹이는 알맹이대로, 껍데기는 껍데기대로 각각 뒹굴고 있다. 알맹이를 버린 껍데기의 미학이 최고인 시대다.

강물은 소리 없이 흐른다. 껍데기의 삶도 영고성쇠의 흐름에 닿아 있음을 부인할 수 없다. 텅 빈 껍데기는 어느 날 낯선 여울에 부딪혀 소멸할지도 모른다. 잊지 말아야 한다. 풀과 껍데기의 진정한 존재 가치는 함께하는 아름다움이다. 풀은 꽃과 함께, 껍데기는 알맹이와 함께 있을 때 가장 아름답다.

어느새 식탁에 놓인 찌개가 싸늘하다. 찌개에 손도 대지 않는 아들 녀석이 섭섭하지만 궁금한 이런저런 얘기를 던진다. 학교생활에서 친구보다 더 중요한 것이 있을까, 항상 걱정이다. 들어보면, 유학생은 유학생끼리 이민자는 이민자끼리 통하고, 동양인은 동양인을 알아보고, 토박이는 토박이끼리 어울린다. 뛰어넘을 수 없는 문화의 간격이며 거역할 수 없는 삶의 정서다.

부모 마음으로 이민 2세대는 친구로 어떠냐고 은근히 묻는다. 아들은 고개를 설레설레 흔들며 개들은 '바나나'라 자기와 맞지 않다고 한다. 바나나는 백인 행세를 하는 동양인을 일컫는 속어이며, 노란 껍질을 벗겨내면 속이 하얀 바나나의 이중성에 빗대어서 하는 말이다. 바나나는 자기 정체성을 잃어버린 사람, 동상이몽의 껍데기와 알맹이를 가진 사람을 비유하고 있다. 껍데기는 알맹이의 진정한 장식이 되지 못했고, 알맹이는 껍데기의 가치를 외면했다. 껍데기를 버린 알맹이의 현실이 바나나다.

된장찌개의 맛을 모르는 아들 녀석이 바나나를 못마땅해한다. 아들아, 너는 아직 풀이 여리다. 너의 현실은 미처 알맹이를 가꾸지 못한 껍데기일 뿐이다. 그들에게는 껍데기와 알맹이를 더불어 가꿀 시간이 필요하고, 너에게는 껍데기를 단련시켜 알맹이를 여물게 할 인내가 필요하다. 껍데기와 알맹이, 그 어울림의 미덕을 알아야 한다. 진정한 어울림은 서로에 대한 각자의 아집과 편견을 희생과 포용으로 대신하는 것이다. 아들아, 너희들의 세상은 모두가 어우러져 즐겁게 한판 놀고 가는 열린 마당이면 좋겠다.

너희들의 세상은 어울림이 아름다운 광장이면 좋겠다.

패러노이아, 은밀한

패러노이드 공원에 왔습니다.

소년들이 스케이트보드를 즐기는 공간-개성 넘치는 모습과 시끌벅적한 음악, 모든 것을 다 받아들일 것 같은 자유스러운 세상이 아닐 수 없습니다. 하지만 끄집어낼 수 없는 두려움과 미묘한 이질감 또한 이 세계의 숨겨진 이미지입니다. 일탈의 해방감을 안겨주는 동시에 서늘한 비밀을 만들어줄지도 모르는 유혹적이면서 두려운 공간, 이곳은 패러노이드 공원입니다.

영화 〈패러노이드 공원Paranoid Park〉이 주는 상징은 무엇일까요. 영화는 소년 알렉스의 이야기입니다. 악명 높은 패러노이드 공원에서 돌아오는 길, 알렉스는 우연히 의도치 않은 살인을 범하면서 삶이 복잡해지고 혼란스러워집니다. 죄의식에 사로잡힌 그는 친구나 가족으로부터 거리감을 느끼며 철저히 혼자가 되고 괴로운 속마음을 털어내기 위해 수신인 없는 편지를 쓰기 시작하지요. 그러나 한순간 자신의 기록을 찢어 불태워버리며 모든 기억을 가슴 속에 영원히 묻어버립니다.

영화의 무게중심은 사건 자체보다는 그 뒤 알렉스의 심리적인 흐름에 있습니다. 의식의 흐름에 따른 그의 글을 분절하여 보여주지만, 장면들은 서정적이면서도 사람을 끌어당기는 매력을 가지고 있습니다. 알렉스의 내면 풍경을 사실적으로 묘사하며 그의 정신적인 성장통을 말없이 보여줍니다.

성장기 어린이가 잠을 잘 때 느끼는 육체적인 통증을 흔히 성장통이라 하지요. 개인의 신체 변화는 가정이든 사회든 매번 다른 세계 속에서 정신적인 변화를 더불어 가져옵니다. 성장통은 육체적인 성장뿐 아니라 정신적인 성장을 위하여 피할 수 없는 삶의 업業입니다. 사람은 태어나서 죽을 때까지 성장의 길 위에 서 있습니다. 우리 삶은 한평생 성장통에 노출되어 있습니다. 우리는 경험과 학습을 통한 아픔이나 고통을 정신과 육체, 안팎으로 겪으며 끊임없이 성장하게 되는 것이지요. 패러노이드 공원은 한 소년의 성장을 위한 경험과 학습의 터전입니다.

이민자로서 우리의 성장통은 무엇입니까. 쓰디쓴 불면의 시간을 달이는 우리 자신을 봅니다. 무슨 사연들로 부모의 땅에서 뿌리 뽑히고, 모든 것이 낯설기만 한 남의 땅에 이렇게 떨어져 있는 것인지요. 나름의 이유로 앞서거니 뒤서거니 찾아온 땅은 바로 우리의 패러노이드 공원입니다. 각자 삶의 어느 연령대를 건너고 있든지 이곳은 우리가 모두 새로운 성장통을 앓아야 하는 거칠고 험한 세상입니다. 개인이 혼자서 앓는 아픔은 그래도 견딜 만하지요. 서로서로 닮은꼴의 고통으로 부부, 온 가족, 심지어 이민자사회 전체가 함께 멍들기도 합니다.

이즈음의 경기침체는 우리의 아픔을 더 많이 골 깊게 합니다. 현실은 예상 외로 녹록지 않지요. 숲이 깊고 물 맑은 세상에도 검푸른 녹과 현란한 독이 숨어 있습니다. 때로 굵직굵직하게 솟아오르는 사건이 다름아닌 우리 이민자에 의한 것임을 볼 때 가슴이 시려웁니다. 유혹의 땅에서 자신도 모르게 독버섯으로 변해버린 몇몇, 그 독을 얼떨결에 먹어버린 몇몇도 있습니다. 나머지 몇은 조심스러워 아무것도 먹지 못하는, 서로가 서로서로 믿을 수 없는 무서운 세상이지요.

이민자로서 우리의 성장통은 심각합니다. 차마 드러내지 못하는 혼자만의 병, 패러노이아Paranoia를 앓고 있습니다. 오십은 지천명이란 옛말이 무색합니다. 세월은 전광처럼 빠르고 나잇살은 늘어나니 자꾸만 작아지는 자신을 안고 살지요. 더는 젊은 나이도 아닌데 늙은 나이도 아니고, 가진 것이 없는 것도 아니고 그렇다고 나눌 것이 많은 것도 아닌 그것이 문제입니다. 한창나이에 손이 가벼운 사람은 좌충우돌한들 두려운 것이 없지요. 어중간하고 어쭙잖은 나이이기에 삶의 실마리를 쉽게 찾지 못합니다.

눈 앞에 펼쳐진 세상을 한없이 바라보는 알렉스. 눈빛은 차가우면서도 따뜻하고, 스치는 듯하면서도 깊게 다가옵니다. 벗겨지고 패인 여린 속살은 언젠가 튼실한 알곡으로 다시 일어설 수 있다는 희망이 있습니다. 우리도 알렉스처럼 그렇게 세상을 바라볼 수 있으면 좋겠습니다. 그의 시선이 내 가슴을 가로지르는 순간 엔딩크레딧이 조용히 올라가기 시작하네요.
우리의 패러노이아, 그 단단한 껍질도 쩍쩍 갈라지면 좋겠습니다.

헤리티지 숲의 시간

— 호랑가시나무 길

포트 무디 호랑가시나무 길 6번지, 헤리티지 숲속에 자리한 우리 집이다.

집을 구하러 다닐 때 마땅한 집이 빨리 나타나지 않으면 마음이 조급해진다. 처음부터 마음에 드는 집을 고르면 집값이 터무니없이 예산을 뛰어넘고, 예산에 맞추어 고르면 오래된 집이거나 전주인의 특이한 음식 향을 걷어내는 추가 경비를 더해야 할 집이다. 적당한 집을 찾는 일에 지칠 때쯤, 반듯하게 앉은 작은 집이 새로 매물 안내판을 안고 나타났다. 1년 반쯤 된 새집이라 손볼 것이 없어 청소만 하고 이사했다.

헤리티지 산길을 올라가다 한쪽 옆으로 계곡을 끼고 앉은 작은 주택단지. 마흔한 채의 신흥 주택이 모두 조금씩 다른 모습으로 반원 모양 골목에 줄지어 마주 보고 있다. 단지 사이 골목을 호랑가시나무 길로 이름하고 번지수를 이어나가는데, 골목

좌우에는 단풍나무 가로수가 서 있고 주변은 쭉쭉 뻗은 삼나무로 둘러싸여 있다. 주변에 호랑가시나무는 한 그루도 보이지 않아 길 이름을 왜 그렇게 붙였는지 궁금했지만, 근거를 찾아내지는 못했다. 여하튼 이 숲속의 작은 동네가 낯선 땅의 이민자로서 만난 첫 삶의 터전이다.

이사한 다음 날, 마주한 집과 좌우 이웃집에 인사를 나누었다. 오른쪽 옆집의 젊은 코케이션 캐서린은 서너 살 돼보이는 흑인 남자아이와 언뜻 보기에 할머니처럼 느껴지는 백인 여자를 같이 사는 사람으로 소개했다. 왼쪽 옆집엔 중국계 부부가 어린 딸아이를 키우고, 마주 보는 앞집은 남아프리카공화국에서 왔다는 영국계 젊은 부부가 산다. 신혼의 멜리사와 스튜어트는 둘 다 키가 훤칠하며 사람이 좋아보여 잘 어울리는 한 쌍이다. 마주 보는 집 왼쪽은 인도계 부부와 아이, 오른쪽은 타이완계 여자와 백인 남자가 아들 하나와 살고 있다. 이웃과 인사를 나누며 새삼 깨달았다. 이곳은 다민족이 모여 살면서 서로 다른 것을 인정하고 타협과 화합을 바탕으로 살아가는 사회임을.

캐나다 국기는 한가운데 빨간 단풍잎이 하나 그려져 있다. 단풍잎 한 귀퉁이 작은 조각 하나라도 허투루 떨어져 나가지 않게 다 붙여두어야 온전한 붉은 단풍잎이 완성된다. 캐나다

의 정체성, 바로 이 나라의 모자이크 문화를 잘 보여주는 상징
이다.

　여기 인물 중에 테리 팍스와 데이비드 스스키가 있다. 국영
방송 CBC의 여론조사에서 위대한 캐나다인 2위에 오른 테리
팍스. 그는 한쪽 다리를 절단한 채 암 연구를 위한 대륙횡단 자
선 마라톤을 시작했으나 폐로 전이된 암으로 한창나이에 세상
을 떠났다. 데이비드 스스키는 일본계 캐나다 방송인, 환경운
동가이며 자신의 이상을 현실 세계에서 실현하고 있는 사람이
다. 캐나다의 진정한 가치는 비록 다리가 한쪽밖에 없다 하더
라도 혹은 이민자이거나 소수민족일지라도 다양하고 평범한
개인의 삶이 모자이크처럼 모여 꿈과 이상이 실현되는 사회라
는 데 있다.

　호랑가시나무 길엔 각양각색의 사람이 모여 살고 있다. 대부
분이 유치원생이나 초등생 학부모인데 우리는 유일하게 대학
생 아들을 둔 부부다. 다양한 피부색의 젊은 그들과 어울리며
늘 사람에 대한 예의를 잊지 않으려 애쓰고 진정으로 상대방을
이해하고자 힘썼다. 할머니인 줄 알았던 제니퍼와 캐서린이 레
즈비언커플이라는 의심이 확신으로 바뀔 때, 그들은 흑인 계집
아이를 둘째로 입양했다. 한 4년쯤 신혼을 즐기던 멜리사는 귀
엽고 똘똘한 매튜에 이어 벌써 세 번째 배가 불러오고 있다. 십
년 세월, 호랑가시나무 골목길의 낯설고 다양한 인연과 함께한

시간은 아름다운 경험이다.

아픈 경험은 늘 골목길 밖에서 일어난다. 직장인이 된 아들처럼 바쁘고 활기찬 단지의 젊은 사람과 달리 마냥 한가로워 보일지도 모를 우리는 나름 낯설고 척박한 땅에 뿌리내리려 애를 쓰는 중이다. 속으로는 부딪쳐 멍들거나 깨지고 밖으로는 겉늙어가는 답답한 시간을 거치고 있다. 이민자로서 떠나온 땅덩이가 하나이고 어머니 말이 통하는 동병상련 동포인 줄, 친구인 줄 믿었던 인연은 자주 상처를 남긴다. 날카로운 손톱이 웃는 얼굴로 할퀴면 대책 없이 당할 수밖에 없다. 빨간 단풍잎 모자이크 안에서 닮은 조각이 서로를 배려하지 않는 일이 안타깝고 슬플 뿐이다.

호랑가시나무 길은 상처받은 우리를 따스하게 감싸주는 울타리다. 두 입양아, 흑인 남매의 재잘거리며 뛰노는 소리는 즐거운 울림이 되고, 매튜의 귀엽고 사랑스러운 키 자람은 흐르는 시간을 풍요롭게 한다. 골목길 아이들의 순진무구함이 우리 상처를 쓰다듬는다. 그래도 미처 잠들지 못하는 밤은 창밖 훤한 달빛 아래 묵언수행 삼나무와 함께 발밤발밤 오래도록 밤의 깊이를 밟기도 한다.

항상 생각의 끝은 하나다. 단풍잎 모자이크의 완성은 상대방을 인정하고 진실한 마음으로 배려해야 아름다운 조화를 이룰 수 있다. 진심과 정성을 담아 상대를 배려하는 것은 사람에 대한 기본적인 예의를 갖추는 일이다. 진정성과 배려는 인간이라면 누구나 지켜야 할 인간에 대한 최소한의 예의다. 우리에게 진심으로 배려하는 마음을 길러준 골목을 떠나며 새로 마주할 길도 예禮가 살아 숨쉬는 곳이기를 바란다.

이제, 마음의 고향 같은 호랑가시나무 길을 떠난다. 헤리티지 숲을 내려간다.

방울과 호루라기

스륵 쓰르륵, 뱀 한 마리가 쏜살같이 사라진다.

천만다행이다. 저 영물이 내 발밑에 쓰러지던 가장자리 잡풀의 비명을 들은 것이다. 잘못 날아가 떨어진 공 하나를 찾으려고 서둘러 풀밭 가운데로 뛰어들었다면 그의 등을 짓누르는 실수를 범하고, 발등엔 그의 이빨자국이 생겼을지도 모른다. 순간 온몸에 전율이 올랐다가 가라앉는다.

며칠 전, 남편이 달랑이는 방울과 호루라기를 사들고 왔다. 그것은 산행뿐만 아니라 집 근처의 공원 산책을 위해 꼭 갖추어야 할 소품이다. 옷섶이나 배낭끈에 달면 움직일 때마다 딸랑딸랑 소리를 내는 방울은 숲길을 걸을 때 산짐승에게 사람이 근처에 있다는 신호가 된다. 우리는, 딸랑거리는 소리 때문에 산짐승이 사람에게 접근하지 않고 멀리 떨어져 자기의 길을 간다고 믿는다. 한편, 곰이나 다른 야생동물이 가까이 있는 것을 발견했을 때 호루라기를 시끄럽게 불면 그들 스스로 알아서 물러난다.

『역경』의 '왕용삼구王用三驅 실전금矢前禽'은 천자의 사냥이 세 방향만 그물을 치고 짐승이 달아날 한 방향을 남겨두므로 함부로 남획하지 않는다는 뜻이다. 강자의 엄격함과 동시에 관용과 배려의 마음을 보여주는 좋은 예다. 산행을 위해 방울과 호루라기를 미리 준비하는 것도 산짐승과 정면으로 맞닥트려 놀란 그들을 궁지로 몰아넣는, 불상사를 피하기 위한 일종의 관용과 배려임을 알 수 있다.

밴쿠버에 터전을 꾸린 뒤, 자연의 섭리에 순응하며 자연과 함께 살아가는 공존에 대해 많은 생각을 한다. 골목길 자동차에 수시로 치이는 청설모, 떼 지어 도로를 가로지르는 거위나 사슴, 어둑할 무렵 눈에 빛을 내며 놀고 있는 너구리, 골프장이나 가정집 정원에 먹을 것을 찾느라 떠도는 코요테나 곰까지 모두 함께 살아가야 할 생명이다. 이 땅의 오랜 주인은 바로 그들인데, 그들을 위한 야생의 들판과 숲은 자꾸만 사라진다. 산 중턱까지 들어서는 사람의 집은 그들을 더욱 각박한 현실로 내몰고 있다. 좁아진 그들의 울타리만큼 부족한 먹이를 찾아 인간의 마을을 기웃거릴 수밖에 없다.

어느 마을 농장에서 곰을 사육한 사건이 화제다. 양귀비를 재배하고 마약을 만들던 농장 주인이 다른 사람의 접근을 막기 위해 곰을 풀어놓았다. 세상에 어떻게 이런 일을 하는지 농장 주인은 틀림없이 몰염치한 마약업자다. 야생의 동물에게 먹이를 주는 것은 그들에게 자활 능력을 잃게 할 뿐 아니라 생태계를 파괴하는 행위다. 우리는 산길에서 방울을 흔들고 호루라기를 불며 작은 것에서부터 공존의 미덕을 가꾸어야 한다. 음식물쓰레기의 부실한 뒤처리로 곰이나 너구리를 유혹하는 빌미를 남기지 말아야 하며, 야생의 습성이 우리의 습성에 길들어 나약해지지 않도록 마을을 기웃거리는 그들에게 미리 경고음을 울려주어야 한다.

인간은 자연이라는 대우주와 관계를 맺고 있는 하나의 작은 우주일 뿐이다. 어머니의 가슴처럼 넓고 깊은 자연의 품에는 많은 소우주가 있고, 이들은 모두 칡넝쿨처럼 얽힌 관계 속에서 더불어 살아가야 할 존재다. 우리는 대우주인 자연을 벗어나 살 수 없음을 알고, 자연의 섭리에 순응해야 함을 잘 알고 있다. 산짐승을 위해 방울과 호루라기를 준비하는 작은 정성은 공존의 탑을 아름답고 튼튼하게 쌓는 주춧돌이다. 배낭에 방울을 달고 산행을 나서는 남편의 뒷모습이 사랑스럽고, 내 발에 스쳐대는 풀잎 소리에 빠르게 자리를 피하는 뱀의 영민함이 고맙다.

풀숲에 몸을 가린 영물이 입속말을 중얼거린다.

"너희 사람과 사람 사이에도 방울과 호루라기가 필요해."

꿈꾸는 로망

현대판 사자성어로 '내로남불'이 있다. 내로남불은 '내가 하면 로맨스, 남이 하면 불륜'의 줄임말이다. 인터넷상에 떠돌고 있는 용어로 자신의 잘못에는 관대하지만 남의 잘못은 강하게 비판하는 태도를 일컫는다. 한자 사자성어 아전인수我田引水와 뜻이 비슷하다. 무엇이든 자신에게 이롭도록 생각하고 행동하는 인간 심리를 꼬집으며 상황에 따라 바뀌는 이중적인 태도를 조롱하는 뜻도 있을 테다. 자기 합리화와 이중적인 행태는 어디에서 오는 걸까. 오후 산책길 위에 생각거리 하나를 던져본다.

햇살 좋은 날 문을 나서면 여유로운 풍경에 발걸음이 느긋하다. 내리막부터 시작되는 산책길은 살아 움직이는 모든 것이 아름답게 보인다.

타이완 사람이 살던 옆집은 낡은 단층을 허물고 3층 집으로 공사를 시작한 지 2년이 훌쩍 넘는다. 건축자금이 부족하여 돈이 생길 때마다 조금씩 일을 하는 것인지 이유를 도무지 알 수 없지만, 여전히 공사는 진행 중이고 마당에는 온갖 잡풀이 무성하다. 몇 발짝 내려가다보면 고물 수집 일을 하는 듯 낡은 물품이 여기저기 널려 있는 이웃집이 나온다. 스산한 그 집에는 엇부루기 사내아이가 하나 있어 또래들이 자주 모여들고 동네를 시끌벅적하게 할 때가 잦다. 인기척이 날 때마다 귀를 세우고 사납게 컹컹거리는 두 마리의 견공까지 부산한 집 앞을 성큼 지나간다.

지붕이 낮아 소박한 느낌을 주는 싱가포르 할머니 집을 지나면 시청에서 운영하는 지역 공동체 농장이 나온다. 오월의 햇살 아래 어느새 작은 푸성귀가 단맛을 품으며 자라는 모습에 발걸음이 가벼워진다. 푸른 생명의 기지개에 내 몸도 덩달아 허리를 펴고 당당히 걸어간다. 그러나 대로변에 자리한 장례식장이 좁은 뒷길을 사이에 두고 공동체 농장과 마주하고 있어 삶과 죽음이 서로 멀리 있는 것이 아니라는 현실을 새삼 일깨운다. 장례가 있는 날이면 주차장을 넘쳐난 자동차들이 동네 앞길에 줄지어 서 있어 복잡한데 오늘은 조용하다. 먼 길 떠나는 누군가가 없는 참 감사한 날이다.

이제 발길을 두 번 꺾어 아이비 길로 들어서면 완만하지만 오르막길의 시작이다. 오른쪽으로 초등학교가 넓게 자리하여 옷깃을 파고드는 봄바람 사이로 아이들의 재잘거림이 흩날린다. 왼쪽으로는 학교 운동장을 바라보는 집집이 아늑하고 평화롭게 앉아 있다. 언덕길의 중간쯤에 나이든 한국인 부부가 사는 집은 언제나 정갈하게 손질해놓은 정원으로 오가는 이의 눈길을 잡는다. 오늘은 현관문으로 올라가는 계단을 할아버지가 직접 보수하느라 열심이다. 요즘 건축 양식의 유행은 건물의 앞면을 돌로 장식하는데 연식이 좀 오랜 집이라 시멘트로 마감한 계단에 얇고 넓적한 자연석을 덧붙이는 작업이 한창인 걸 보니 뜨거운 부동산시장에 곧 뛰어들 모양이다.

언덕의 막다른 곳은 먼 길 떠난 사람의 음택이 옹기종기 모여 있는 공원이다. 하얀색 페인트를 칠해놓은 넓고 큰 정문과 좌우 두 개의 옆문은 열려 있어 출입이 자유롭다. 햇살이 내리는 공원은 발아래 마을을 감싸안고 저 멀리 넓은 도시의 중심부까지 훤히 바라보고 있다. 따스하고 편안한 공간이다. 좁은 소견에 명당이라는 생각을 하며 공원 구석구석을 돌아보는데 다양한 음택의 형태는 발걸음을 주춤거리게 한다. 벽에 들어간 양 손바닥만 한 봉안당부터 큰 나무 아래 넓적한 묘비를 세우거나 땅바닥에 작은 동판을 박거나 고급스러운 대리석을 놓은 봉안당까지 다양하다. 땅 밑에 관을 넣은 묘의 외관도 보잘것없이 초라하거나 화려하고 거추장스럽기까지 각양각색이다.

　살아 있는 사람의 집도 천차만별이지만 떠난 사람의 집도 모두 한결같지 않다. 인근 마을 공원묘지에는 땅 위에 고층 아파트처럼 큰 칸막이를 층층이 만들고 관 자체를 집어넣는 양식의 묘를 엄청 비싼 값으로 분양 중이다. 길 떠나는 사람의 유지와 남은 가족의 의지가 어우러져 만든 시대의 풍속도를 보는 듯하다.

　공원을 한 바퀴 돌아 나오면 다시 내리막길이다. 집으로 돌아가는 길은 늙은 자목련 한 그루 우뚝 서 있고 서양 영산홍이 활짝 핀 이웃을 지나야 한다. 영산홍이 활짝 피어 있을 땐 큰 꽃이 보기 좋으나 맥없이 떨어진 꽃잎을 보는 일은 목련꽃이 쓰러질 때처럼 쓸쓸하기 짝이 없다. 우리 삶도 마찬가지다. 한때의 아름답고 화려함은 어느 순간 스러져갈 것이 분명하다. 오후 산책길이 내리막과 오르막을 지나 다시 내리막을 만나는 것처럼 사람의 인생길도 굴곡의 흐름을 타고 흘러가는 것이 당연하다. 누구나 한번 산에 올라가면 언젠가는 다시 내려와야 한다는 철리哲理를 잊고 저 혼자 정상을 차지하고 힘을 휘두르겠다는 탐욕 때문에 억지를 부리고 망발을 일삼는 사람이 사방에 널려 있다. 그들에게 진정으로 해주고 싶은 말이 '자등명법등명自燈明法燈明'이다.

　초파일쯤에 떠오르는 석가모니 부처님의 마지막 한마디 자등명법등명은 지혜의 등불로 자신의 마음을 밝히고 세상을 밝히는 삶을 살아가라는 가르침이다. 만족할 줄 알아야 행복한 사람이요, 욕심이 적어야 행복한 사람이요, 만족할 줄 아는 사람이 바로 지혜로운 사람이라는 것을 깨달으며 실천하는 일상을 언제나 꿈꾼다.

내 삶의 로망은 세상 풍파에 끄떡없는 지혜로운 마음이다.

강은소 수필집

왜, 너를 사랑하지 못할까

지은이_ 강은소
펴낸이_ 조현석
펴낸곳_ 북인
디자인_ 푸른영토

1판 1쇄_ 2026년 01월 10일

출판등록번호_ 313-2004-000111
주소_ 121-838 서울 마포구 서교동 460-34, 501호
전화_ 02-323-7767
팩스_ 02-323-7845

ISBN 979-11-6512-518-9   03810
ⓒ강은소, 2026